一程山水一程歌

向君 著

四川人民出版社

辑贰　风一样驰骋的日子——东非游记

序言

自在忆流年

文/崔自默

信息发达，司空见惯，偶尔读到怦然心动的文字，难能可贵，若还想写些读后感，则实属奢侈。

"轻雷远去夜阑珊，提笔沾襟力不堪。乱字从来真况味，谁能自在忆流年？"这几句是我前些日所写，题曰《答向君临江仙思流年》。

现在回顾当时，向君的那一篇"思流年"，何以能打动人呢？

一如绘画，笔墨不过关，就谈不上意思、性灵、情韵、境界。对于语言文字，向君早已将它埏埴拿捏得玲珑别透。阅读她的"陌上花开缓缓归"，如行山道，其间信息量大，需仔细乃得。

玄览者不执着于文字，假如弗能得意忘言、得意忘象，料非内行。当然，好读者是好作者的延续，两者合作，尽善尽美，彼此知音，相得益彰。

最终使得散文"形散而神不散"的，是历史的沧桑感、人生的悲凉感、诗词的意境感、绘画的时空感、影视的镜头感、音乐的节奏感，尤其是故事的独特性、冲突性、戏剧性，等等这些元素，向君都不缺乏。

于是，不知从来，不知所去，如快雪时晴，如春风喜雨，戛耐戛然而止。想想，也正应如此。宛如照相，咔嚓一下，记录了世间一瞬、物体一切片、运动一侧影，也只能是一瞬、一切片、一侧影，不得已。生活是一个行为过程，其存在与时间关联而等价。瞬间而永恒，才是大艺术。当下享受，倘无精确剀切的思维觉悟、定力把握，何以堪？

想起"她"："那一刻，脸上有笑，心里有泪"，"那是许多故事的起点，也是终点——因为绚烂，因为短暂"。读完这篇文字，"凄美"两字噗进脑海，我怎么都感觉这就是我自己的故事。

向君的文笔刺激我再再思考一些熟悉而陌生的话题。

文字本身到底有没有、应该不应该有性别属性？伟大的灵魂超越性别，这或许也是一个悖论或偷换概念么？

经常旅游的人会明白，随时记录会很累。"勤"字古写下面是一个"心"字，而不是右边一个"力"字。费心费力、殚精竭虑、动情劳神，始可酝酿过滤萃取升华出好文字。天才无他，一个勤字而已。触景生情，感情喷涌，不择地而出，但缺乏收敛，就不是像样的文章。文章因事而作，非无病呻吟，非强说愁，却绝对有志气、有风骨、有胸襟、有寄托、有感遇、有启发。

写到"他"："隔着漫长的岁月，我觉得他依然没变，像原野上一颗野蛮生长的树，用骄傲和精明与世界牵手，用冷漠和不屑与世界为敌"；然而，"他"竟然也能问出这样的话："你？就凭这一帆风顺的日子，你能写出什么动人的文字？"——这不还是我吗？我是我，我非我，看山看水，是是非非，不一不异。

我思故我在，我在故我思，等老了、没了……

我一直认为，"实现主义"（Realizationism）不等于"现实主义"（Realism）。"实现"具有了更多的主观能动性，有了把理想变为现实的愿望与念力。我猜测，向君一定经常有这般体验。在此基础上，"超实用"也就立即超越了实用、实验、实践、实现、实际，这或许还能回答为什么没有直接经验的她，可以通过间接经验明心见性地表达出另一种真实。

或者还可以进一步回答，我们旅游了感受了也便罢了，为什么一定要表达表述表现一番呢？

绘画的视觉语言是外在形式，我更关心的是其背后内容。对于文字描述，我的注重仍极尽苛刻，就是追问中心思想究竟是什么？

不具体的问题是大问题，也更难解决。

从游记、散文到诗，从台北故宫、阳明山海芋季到马赛马拉的狩猎之旅，从泰北玫瑰漫游记到我们的客厅、并不遥远的南山，向君的注意力超越了情景交融、夹叙夹议、史论结合。

"看似宁静的草原危机四伏，弱肉强食，斗智斗勇的大戏时刻都在上演。在这里，生命就是一场永恒的追逐，生存就是一场至死方休的游戏。"看似、时刻、永恒、游戏，宁静、上演、追逐、生命，危机四伏、弱肉强食、斗智斗勇、至死方休，请耐心咀嚼，字里行间到这等次第，还能有其他什么可继续的呢？

"以乐景写哀，以哀景写乐，以倍增其哀乐"（王夫之《薑斋诗话》），向君的笔墨不动声色却颇得此道，蒙太奇手法把纪录片搞得十二分通透。艺术与科学、作品与生活、主观与客观、感性与理性、写意与写实、梦境与真景、我与物，已然大而化之，圆润得无所谓主线与辅线或复线。

有无相生，虚实互成，相互转化的缘由与能量、初衷与目的、工具与结果，都是一个字：心。正因经意了、走心了，所以体会了花溅泪、鸟惊心，那种法喜禅悦，甘苦自知。

道心唯微、唯精唯一，究竟如何才算最高境界、终极关怀呢？同道君子共勉旃。

大地的孩子

文/盛澜

"在我的印象里，街巷里弄，最常见的是那种外表斑驳、低矮陈旧的楼房，被绿树掩映着，阳光明暗不定，仿佛它们是为了怀旧而存在，为了诗意而存在，时钟永远慢半拍，人们安稳、平和、缓慢、笃定，和颜悦色、彬彬有礼、不紧不慢地过自己的日子。"

初次读到向君的游记，大约有二十几篇。从如白色旧衬衫般温暖的台北诗情到瑰丽的乞力马扎罗的雪，当然还有清迈的雨和坊间悠然的思念……

人的青春也许简陋而粗糙，我们能回忆起的成熟几乎都是被迫的。所有人的成年无不是在送别一个又一个亲人的温暖之后，才惊觉，原来世事果然是无常的。

长风皓月间，太多的无常只能孤独地走过。动荡的人生也许唯有在更加无定的旅程中才能凸显出足以安慰人心的妥帖，故有他乡与故乡的分别。

我从不赞同一个人在独自的行走中去努力和自己的灵魂对

话，那样的明心见性和赤裸总会是本来无忧生命的负载。但是当每一个"观照自我"的人去尝试用"明亮"的心观察这个世界，就一定有机会意外地察觉到生命的延续和温暖、柔软的爱。

游记和诗这两类文字都是不该轻易被"招惹"的。细细地读一下，那风物被描述到了极致，游走的人就成了多余。倘若只是听到行者在那里倾诉，那还真不如自己亲见罢了。

向君女士的游记便如旧日茶香，是耐得住细品和思念的那一类。她的写作"折叠"着自己对原乡和生活自然的爱。那些来自旅程的体悟以一种恬淡、安适、从容的态度呈现于笔端，邂逅者必将被一位书写者内心的满足、丰富所引导……

我相信可以荡涤心绪的文字应该有机会使孤寂的灵魂重新建立起信仰。向君的笔底流淌着光明、淡然和仁爱。也许单纯和真挚更容易在复杂的世事中遭遇折磨和羁绊，谁让隔膜和自我分裂已然成为了今人的顽疾呢！

我保证这本文集完全没有艰涩聱牙的文句，作者的措辞和施语浅白而清新、恬淡。向君总是有些古人心性的，文字中些许高古意象，或使阅读者洋溢于曲院风荷式的中国韵致。

她漫步在垦丁的海岸，温和而肃穆的日落仿佛如母亲正把一天的余温给睡去的儿女轻轻披上。海潮不再奔涌，淡青的暮色托着不再耀眼的一轮落日悬挂在海面上，圆圆地抖开了一团如佛光的锦缎，把越来越浅的色带抛向高天。

她行走在非洲——世界版图上的心脏，空间与光的帝国。远眺乞力马扎罗山顶皑皑的白雪，晶莹的险峰在金色的照耀之下显露出瑰丽的容颜……蓝天、骄阳、绿树、红土，以及黑的肤色，是那样斑斓、炽热、明亮。

她依偎着说来就来的清迈的雨。独自静静地站在阳台上看着雨滴落在芭蕉叶上，晚风轻轻地把枝间的花束推醒，隐隐听着偶一出现的雷声，看着天空若隐若现的几丝闪，心里的沉闷居然无法消去。

与现代文坛的"世界性""超越性"和"纯粹性"以及其所造成的某些晦涩难懂的痛苦相比较，向君的文字表现更具普适的人间情怀。我觉得那应该是最为亲切的对阅读者的观照和平等的、慈悲的拥抱。

向君的游记和诗从不在意以文载道，也仿佛从未写过什么具足极深刻社会意义的、重大的、惊世骇俗的纪事。她的笔意不用于评判而只做叙述，但你就是能依稀看到一些不同的东西，这不应该是她的本意，而该是算作她的本事吧！

我可以肯定这《一程山水一程歌》是一本至纯至性的书，阅读没有感情上的负累，倒是显得写作更加纯净明亮了。

研究文学史的友人把这本文集归属于20世纪70年代以后类似于台湾"新世代"的创作。我认为似乎作者并没有把自己归结为哪个世代、哪个流派的思想，她一定是与世无争的，她的游记和诗仿佛就是为自己写的，以手写心，因此真挚。

我认定好的文字如诗，必然还得兼具中国古典诗歌那样"音乐性"的传统，读来时而如慢板的音乐，时而如清澈的山泉，舒缓深情而琅琅上口。

　　我想文学不一定非要有什么深刻的意义或是揭露什么现实。能让人不知不觉且欣然接受一些道理和感觉的文字比那些急赤白脸的批判现实、反讥时弊的内容要更有利于"本来平凡和无争的心"得到安宁。

　　生活需要借助于智慧才能实现精致。所以，还是该到处走走，要学习在生命的每个时刻，带给自己惊喜。我们未必都要成为职业旅行者，但只要有梦想，肯为此坚持、为此探索，就必然会在自己划定的天空中看到那彩虹。

　　一个人的物质生活可以素简得如一件旧旧的白棉布衬衣。也许等到活了足够的年份便带着一脸丢失了年轮的傻笑，走了……

　　被文明捆绑的人，多累于世俗的琐碎，迷失真趣而不自知。细品向君的文字，有如亲近开在彼岸的吉祥而素净花，没有妖娆，只有淡淡的、她的味道：

　　"雨一来，天空就落满尘埃，呜咽，像废弃教堂的管风琴，奏出喑哑乐章，时光模糊而忧伤……我慢慢啜饮一杯咖啡，看着日光在弥漫的香气里渐渐西斜下去。这一刻我觉得，咖啡很香，生活很美。"

　　一程山水，一程歌。依止于信风的芦花总会如约绽放在初秋，静静地等待着那即将到来的乘风飞舞的时节，仿佛大地的孩子般依偎这原乡、故土和迤逦而行的匆匆旅人……

　　从下雨的城市离开，我的记忆开始模糊。

　　故乡他乡，脚步凌乱，废墟上荒草漫过思念，几朵苍白的花相对无言。

　　来了别了，聚了散了，谁在夜夜梦里，睁着一双不肯睡去的眼。

　　这里却清风月明，如水如梦，如款款的呼唤。

　　橘黄的灯光正穿过夜色，抵达嫦娥的广寒。

　　我循着桂花的香气跟去，只想看看那些曾经抵达过的心。

　　是不是还是那般，花好月圆。

辑壹　一程山水一程歌

台湾游记

你好
台北
Hello,
Taipei

"忠孝东路走九遍，
穿过陌生人潮找寻你的脸。
有人走得匆忙有人爱得甜美，
谁会在意擦肩而过的心碎。"

——动力火车《忠孝东路走九遍》

初遇台北

到达桃园机场时，细雨纷纭。

这让我想起读过的第一本琼瑶小说——《烟雨蒙蒙》。

读这本小说的时候十分应景，窗外淅沥沥一片雨声。青春期的我，内心孤独，外表懒散，对周遭的一切都打不起精神。位于西南腹地的成都常年阴郁，少见明媚阳光，记忆中的锦江河也总是混沌一片，和每天的生活一样灰头土脸。琼瑶的小说，就像水里开出一朵旖旎的花，它引诱我，用梦幻般幽深而璀璨的光。

只是那朵花，似乎开在我永远也无法抵达的地方。

今天，我终于来了。当年那个少女心心念念的远方。

出机场时天黑了。夜色因烟雨显得格外轻盈。不断闪过的路灯和车灯，像一只只迷离的醉眼，透着欲说还休的神秘。一个穿米色风衣的女郎身影从眼前一掠而过。她撑一只艳黄的伞站在路灯下，湿滑的路面映出黄伞的倒影，微微飘拂的风衣下摆，仿佛暗夜里的一朵花。然而车子很快开过去，画面转瞬即逝，夜色酽酽地笼罩过来。

惊鸿一瞥，回头只剩模糊的树影和阑珊的灯火忽明忽暗，忽隐忽现——好似一出大戏就要上演。

其实哪有什么大戏呢？我在心里轻笑自己。也许只是为了让锦江河畔的少女重回记忆舞台，我才会在这样一个烟雨蒙蒙的时分，以这样的心境，与台北相逢。

"这城市满地的纸屑，
风一刮像你的妩媚。
我经过那一间鞋店，
却买不到你爱的那双鞋。"

动力火车的老歌《忠孝东路走九遍》，提醒我这是一个有故事的城市。

我没有时间把忠孝东路走九遍，也没看到满地的纸屑和鞋店，但这并不妨碍我对这个城市的好奇与探究。

台北的街道和道路大都以大陆的省市来命名，比如北京路、成都路、长春路、武昌街、汉口街、广州街……如果你有兴趣摊开一张中国台北市地图和一张全中国地图，两相比较，一定会发现它们有着惊人的关联。台北市市区主要街道的方位和顺序，基本是和大陆相应的省市一一对应的。因此有人戏言，地理学得好的人，在台北想迷路都不太可能。

雨中的台北淡漠沉静，草香弥漫。那些亮着灯的窗口，点点温情闪烁，让冷清的街头巷尾多了点人间喜乐。人们说，对一个陌生城市的印象往往是从美食开始的。没错，进了市区，连行李都来不及放，我就直奔闻名遐迩的"鼎泰丰"去犒劳饥肠辘辘的胃。

　　追根溯源，台湾真正意义上的原住民并不多，先先后后涌进来的"外省人"，在这片土地上把浓浓的乡愁融进一餐一饭，形成了浓墨重彩的美食文化而享誉世界。比如这家"鼎泰丰"，最早不过是信义路巷子里一家简陋的包子铺，如今登堂入室，成了台湾美食的一张名片。在北京上海乃至纽约光鲜敞亮的高楼大厦里，时常可以看到它的身影。

　　不过忠孝东路这家店与那些高楼里的店大为不同。店铺位于地下一层，面积不大，空间有些局促。原木的桌椅素朴简洁，透着家常小店的那种纷乱。接近晚上9点，门口竟然还排着长龙。我们被告知大约一小时左右才能有位。探头看去，桌上蒸笼碗碟错落层叠，浓香四溢，皮肤白皙的服务员穿梭其间，拖着哆哆的"志玲腔"嘘长问短，一口一个"谢谢你哦，对不起啦，马上就好哦……"我哪里还迈得开脚步，咽着唾沫痛下决心：等就等！

　　吃完饭回到酒店，夜已深，雨还在下。

　　打开手机找到那首老歌，让歌声和雨声一起，淹没我和这个城市相逢的第一夜……

　　"忠孝东路走九遍，

　　穿过陌生人潮找寻你的脸。

　　有人走得匆忙有人爱得甜美，

　　谁会在意擦肩而过的心碎。"

　　就这样初遇台北——有雨，有风，有美食，有音乐。

青山依旧在
几度夕阳红
Chiang Kai-shek Memorial Hall
Shilin Official Residence

"是非成败转头空
青山依旧在
几度夕阳红"

——陈彼得《几度夕阳红》

中正纪念堂和士林官邸

是非成败转头空

　　灰色的云把天空压得极低，雨并没有停歇的意思。整个城市好似浸泡在一张巨大的海绵里，随处都可以滴答出水来。

　　自由广场上，80米长、30米高的蓝白色牌楼在雨雾中默然仁立。游人很少，广场寂寥空旷。牌楼两侧是国家戏剧院和音乐厅，都是一色金顶朱红的皇家风格。瞻仰大道从牌楼笔直地伸向中正纪念堂，两侧绿草如茵。

　　天空和大地成了一色的灰，所有色彩都低了一个色度，只有蓝白对比愈发鲜明。

　　中正纪念堂以白色大理石为基座，顶上是蓝色琉璃瓦八角造型，分别代表"忠、孝、仁、爱、信、义、和、平"八德。进入大厅，首先吸引眼球的是两台锃亮的黑色凯迪拉克轿车，这是蒋介石当年的"御用"座驾。墙上挂着大幅的历史照片以及画像，四周陈列了蒋氏夫妇的物品、衣冠、文献史料、宋美龄画作等，徐徐看去，往事如烟。纪念堂内还设有一间总统办公室，据说所有家具物品都是从总统府原址搬过来的，场景再现。办公桌前，坐了一尊蒋介石等身蜡像，好像正在和人讨论什么。

　　卫兵换岗仪式是中正纪念堂的保留节目，每天上午10点到下午4点整点时分进行。我们上去的时候，仪式正在进行中。大厅里黑压压一片人头，却十分安静，只听到卫兵靴子踩踏地面的脚步声，枪械转动的咔嚓声，声声铿锵。卫兵一组三人，蓝制服白腰带黑长靴，锃亮的枪械，整齐的步伐，英姿勃发，帅气阳刚。和天安门的国旗护卫队一样，这些年轻的军人本身就是一道风景。

　　中正纪念堂从1976年动工，到1980年建成开放。历经30多年的风雨沧桑，亦在一定程度上映射了台湾民主政治的动荡变迁。2007年，时任"总统"的陈水扁下令将"中正纪念堂"更名为"台湾民主纪念馆"，牌楼上"大中至正"的牌匾也被"自由广场"四个字替代。这一举动在当时就颇受争议，更被"继任"的马英九指责为"既违法又不符合民主原则"，于是行政院通过废止《国立台湾民主纪念馆组织规程》的举措，于2009年又将"中正纪念堂"的匾额重新挂了回去。一出出大戏轮番上演，你方唱罢我登场。其中的缘由和博弈冷暖自知，不说也罢。

另一个冷暖自知的地方是士林官邸。

士林官邸这几个字颇具神秘色彩，日据时代曾是总督府园艺所的所在地。士林官邸外围大约有20公顷属于警戒地带，是普通人不可逾越的雷池，可谓壁垒森严。蒋氏夫妇居住的小楼被涂成灰色，隐于莽莽苍苍的山林之中。

门口有一间著名的咖啡馆，用一张非常大的黑白照片做招牌。照片上，身穿白色婚纱的宋美龄和西装革履的蒋介石含笑相依——这是1927年12月1日蒋介石与宋美龄在上海大华饭店举行"世纪婚礼"时使用的婚纱照。

一个喝美国牛奶长大、聪慧灵巧风华绝代的富家千金，一个横刀立马纵横四野、野心勃勃且踌躇满志的新晋权贵，就这样在镜头前定格了他们一生的传奇。他们的故事绝不是用简单的"情投意合"或"权钱交易"这样的字眼就能概括的。有人试图用"霭龄爱财，庆龄爱国，美龄爱权"来总结宋氏三姐妹的一生，但是，普通人的一生尚难一言蔽之，何况以中国特殊时代作为背景来成就传奇的宋家三姐妹？她们的个人生活和情感经历被历史的激流裹挟，泥沙俱下，谁能了解那些低眉浅笑后面的悲欢离散？谁能懂得那些沧桑巨变后面的沉默不言？历史不过是任人打扮的小姑娘。一部部辉耀后世的史书，总将成王败寇的阴谋、丑陋、真实、虚伪、曲折、荒唐、必然与偶然，潦草地丢弃于时间的荒原，任由它们风烟漫卷，被后人演绎、推断、戏说，蒋宋的故事何尝不是如此。

伴随这场"世纪婚礼"而来的，有光辉荣耀，也有是非沧桑。历史成就了在锋芒毕露中走向权力顶峰的男人，更成就了作为"第一夫人"出现在美国白宫和抗战前线，以出色的口才和绝代之风华让世界为之倾倒的女人。而同时，伴随这场"世纪婚礼"而来的，还有对他们的婚姻和情感的种种探询与质疑。关于权力和交换、风流和荒唐、忠贞与背叛、明争和暗斗的种种说法，近一个世纪以来一直沸沸扬扬甚嚣尘上。可是直到106岁才离世的宋美龄，在漫长到几乎被遗忘的时光里，自始至终选择了沉默。对于过往，她不置一词，不留一字。我更愿意相信，这不是对历史的轻慢，而是对真相的尊重。

士林官邸的风格用时下一个流行的词来形容再贴切不过了，那就是"混搭"。和这桩婚姻一样，中西合璧中有一种奇异的和谐，让人产生无限好奇和窥视的欲望。据说宋美龄酷爱玫瑰，因此官邸花园内开辟了很大的玫瑰园，遍植世界各地的玫瑰花。到了玫瑰盛开的时候，有着怎样撩拨人心的无边春色呢？代表爱情、青春、美丽和热烈的玫瑰就像这里的女主人，一笑，便可以倾城的。

可惜我来的不是时候，玫瑰园里只剩了几枝瘦骨嶙峋的花朵，潦草地挂在枝头，像极了晚年独居异乡的宋美龄，那份孤傲到底掩不住骨子里的落寞凄清啊。

梅园想必是蒋介石纾解乡愁的去处吧？诗人张枣曾有一首著名的诗《镜中》，开头两句是这样的："想起一生中后悔的事，梅花便落满南山。"假如蒋介石在梅香浸润的梅园里读到这两句，他会不会产生共鸣呢？

当然，那时候根本就没有张枣，更不会有张枣的诗，那么必定只有李后主的词让他触景生情了：

别来春半，触目柔肠断。砌下落梅如雪乱。拂了一身还满。

雁来音信无凭，路遥旧梦难成。离恨恰如春草，更行更远更生。

玫瑰与梅花，应该说是士林官邸中西结合的典型了，而古意盎然的亭台、鱼池、鸟笼穿插着喷泉、雕塑、教堂，在这里穿廊过渡，总有几番"柳暗花明又一村"的感觉。

这种感觉一直延续到了士林官邸的正馆。官邸花园是1996年对公众开放的，而一直到了2012年，正馆才对公众开放。在门口穿上鞋套，跟随导览人员进入大门，迎面而来一张巨大的红木龙凤根雕屏风，其功用类似北京四合院门口的影壁。过堂墙上挂着宋美龄的四副条屏"梅兰竹菊"，下方放置中国传统的圈椅案几，供等候的客人小憩。

往里走是一个西式客厅，壁炉、烛台、地毯、钢琴一应俱全，还有电影放映室。长袖善舞的宋美龄常常在家里请客会友，弹琴唱歌，下棋观影。与客厅相连的餐厅里摆放着二张餐桌，一张西式长桌、一张中式圆桌，照顾到不同饭局的需要。

中西混搭的大客厅想必是宋美龄的得意之作。这里包含了两个中式会客区和两个西式会客区。可以想象客人坐在西式壁炉前的沙发上，踩着厚厚的纯毛地毯，喝着地道的英式下午茶，抬眼看见的，却是四个苏州园林风格的玻璃花窗。这些窗框里的画面每每随季节和光线的变化而变化，不是桃李依依，便是梅兰飘香。四季花草树木皆可借景入室，成为一幅幅变幻无穷的画，让人不能不佩服女主人的审美和用心。

二楼是夫妇二人的私人空间，有起居室、卧室、书房和画室，还有一间装潢精美的西式客房，当时的韩国总统李承晚、美国副总统尼克松等各国政要访台时也曾在此下榻。由于生活习惯的差异，蒋宋早年起就同房不同床。两人的卧室中间有一门相隔，既相通又互不干扰。蒋介石习惯早睡早起，宋美龄则是典型的夜猫子，每天睡到中午才起床。不过蒋介石对夫人十分体贴，无论公务多繁忙，他每天中午都要从总统府办公室赶回家，陪刚刚起床的夫人吃午餐。这个习惯成了铁打的规律，风雨无阻。而且，戎马半生的蒋介石，在宋美龄的影响下还信了基督教，在他卧室的床头，端端正正摆着一册翻旧了的《圣经》。

士林官邸建成之后，蒋氏夫妇在此居住了15年，直到1975年蒋介石去世，宋美龄赴美。这之后人去楼空，以致苍苔漫卷，衰草丛生。宋美龄几次回台时仍在此短暂居留，不过总是来去匆匆。再往后至爱亲朋一个个先她而去，想必触景生情，就连短暂居留也越来越少了。最后，士林官邸只能随往事尘封，成为生命中不能承受之重，她亦是不肯归来了。

走出正馆，看到路边绿篱的枝叶间探出一串串紫色喇叭花的小脑袋，晶莹透亮的雨珠悬而未滴。我这才注意到雨停了，杜鹃花喧嚣着挤满了路肩。蜿蜒曲折的石径湿漉漉地伸进幽暗的山林，被青藤缠绕的大树挡住去路，转个弯，渐渐消失在天青色的烟云里。

暮霭中时空重叠，我仿佛看到穿长衫和旗袍的一双背影，像身边那些平凡的老人一样，一边散步一边聊着家常，慢吞吞地走着，一点点消失于山路尽头。

历史总在重复上演这样的故事——"是非成败转头空，青山依旧在，几度夕阳红"。

台/北
故/宫

NationalPalaceMuseum,Taipei

"溪的美鱼知道

那流泪倾诉的依赖难分离

风的柔山知道

那留在千年的故事难忘记"

——纪晓君《爱延续》(《台北故宫》片头曲)

台北故宫

万物静观皆自得

　　1925年10月10日，在北平温煦的秋阳中，紫禁城紧闭的大门缓缓开启，曾经遥不可及的明清皇家宫殿终于向普通民众展现出高贵的姿容。自此它有了一个新的名字——故宫博物院。

　　然而在日本人觊觎的眼光和铁蹄下，中国大地已承载不了岁月的安稳与静好。1933年，13427箱故宫文物被迫开始了漫长颠沛的南迁之旅。这一走，北平、上海、南京、乐山、峨眉、湖北、湖南、贵阳、安顺、巴县、重庆……历时十几年，历程二万里，在纷乱的战火和恶劣的自然条件下，一万多箱国宝辗转了半个中国后集中到重庆，居然毫发无损地回到南京——这不可不谓文物迁移史上的一个奇迹。

　　抗战胜利以后，内战烽烟再起，1948到1949年，部分精挑细选的国宝不得不再次漂洋过海，并落户台湾，这才有了1965年在台北正式开馆的"国立故宫博物院"。当年那些守护国宝辗转迁徙的人们，上至国民政府的高官，下至清点装箱的职员，当时谁都没有想到，这一走，竟然是海天相隔，了无归期。

　　我在雨雾中眺望青山之中的国立故宫博物院。

就面积而言，台北故宫不到北京故宫的十分之一，仍是黄墙碧瓦、雕栏玉砌的风格，中国古典建筑的原汁原味。山不高，植被却茂密。春去秋来，朝云暮霭。如《台北故宫》纪录片的片头曲里所唱——"溪的美，鱼知道；风的柔，山知道。"半个世纪过去了，这些辉映几千年中华文明之光的国宝，就这样被外双溪的群山默默收藏。"沧海月明珠有泪，蓝田日暖玉生烟。"这里的一草一木，一花一叶，一溪一水，一虫一鸟，想必都被赋予了别样的特质。台北故宫像是镶嵌在青山之中的熠熠宝珠，她的风采是需要去仰视的。

中华之美，美在文化。文化之美，尽在故宫。两岸故宫有太多同根同源的痕迹。曾被乾隆皇帝赏玩过的《富春山居图》之"无用师卷"藏于台北故宫，而另一部分"剩山图"则藏于浙江省博物馆。说起《富春山居图》，它的身世极为坎坷。乾隆皇帝曾经指鹿为马，断定"子明卷"为黄公望真迹，"无用师卷"是仿作。后经研究者反复论证，公认"无用师卷"才是黄公望手迹。此画不仅经历过如此乌龙，还差点毁于痴迷者的殉葬之火。在千钧一发之际被抢救出来，却还是身首各异，分割为《富春山居图·无用师卷》和《剩山图》长短两部分。直到2011年，在两岸有识之士的共同努力下，这幅画终于在台北合璧展出——命运多舛的《富春山居图》总算迎来了几百年分离之后的悲喜相逢。

北京和台北，一北一南两个故宫，都以1925年那个金秋作为起点。有人说它们是母子，有人说是姐妹，有人则形象地把它们比喻成鸡蛋的蛋白和蛋黄，西瓜的皮和瓤。面对众说纷纭，紫禁城的殿堂不言，外双溪的青山不语。同一轮明月辉映着同一个根，在哪里都灼灼其华，何必去做无谓的比较呢？

北京故宫的建筑本身就是一首恢弘华丽的史诗，何况还有150多万件历代藏品。而台北故宫虽然只有60多万件藏品，只是当年南迁文物数量的四分之一，但从被反复挑选的身世就可以知道，这些东西是精品里的精品。台北故宫内的展品基本上每三个月更换一次，这就意味着，你每次来看到的东西可能都不一样。理论上讲，一个人要想看完台北故宫的全部藏品，大概需要30年的时间。

如果你千里迢迢奔到台北故宫，只是围着"镇馆三宝"毛公鼎、翡翠白菜、肉形石转了几圈，恐怕就真是白来了。应该说台北故宫的宋元书画、古籍善本、名窑瓷器，精品玉器、宫廷珍玩……林林总总，每一件都是稀世珍宝，都值得细细品味。尤其宋元书画收藏，台北故宫可谓大观。除了"苏黄米蔡"的书法作品，还有郭熙的《早春图》、范宽的《溪山行旅图》、李唐的《万壑松风图》这三幅名款可信的巨作，它们共同辉耀了北宋这一中国文化的黄金时代。

中国文人一直痴迷于用黑白山水来抒情寓志的方式。大唐盛世的莺歌燕舞和浩荡春风之后，宋元时代的审美取向渐渐偏向道家思想，大道至简。这种哲学思想运用于中国绘画中，形成了以黑白两色来描绘世间万物的风格。水墨渗化所产生的特殊意境和空灵静虚的效果，与道家追求的天人合一、大美无言的思想一脉相承，为人提供心灵和精神皈依的去处，让人回归生命本身的自省自足。古时很多画家同时也是诗人、书法家、哲学家、艺术家，这些黑白线条和浓淡不一的墨色组合，成就了画中的诗、诗中的画，哲思情趣如行云流水，穿行于天地万物与心灵之间，自由往来，天人合一。

台北故宫之美，寥寥数语难以胜数。从镇馆三宝到精美的北宋汝窑，从妙趣横生的宋代定窑婴儿枕到明代的青花龙纹天球瓶，从清代珐琅器到古意悠远的宋元书画……从这些沉默的器物和发黄的宣纸间散发出来的，是沉淀了千百年的韬光，它们可能在瞬间与你的眼睛、你的心灵建立某种奇妙的连结。于是你有了穿越时光隧道的能力，跨过千秋岁月如若初见，承载于这些器物身上的情感和情绪、酣畅和淋漓，甚至光影和声音，刹那间扑面而来，你会触摸到它们最初的脉动和呼吸……

万物静观皆自得。在台北故宫，去体会器物与时光交融的生命之美。

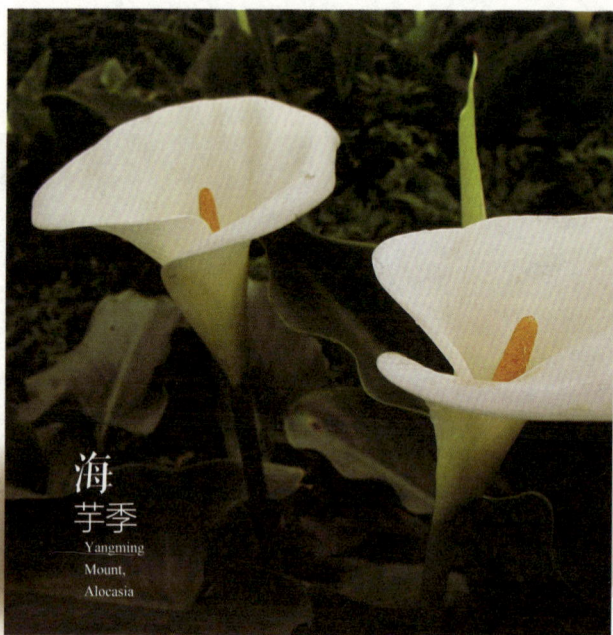

海
芋季
Yangming
Mount,
Alocasia

"天南星科的花期风和日丽
　适合和你一起拉着手到田里摘海芋
　昨天下的那场雨告诉我春天就要来的消息
　春天就要来到竹子湖里"

　　　　　　　——安妮朵拉《海芋季》

阳明山海芋季

云恋青山花恋海

来台湾之前我在网上翻阅一些游记和攻略，对"海芋花"印象深刻。海芋花俗称马蹄莲，是一种很素雅的花，白色马蹄状的花型，无香，并不惊艳。只因它生长在水田里，仿佛就被赋予了莲花的灵气，荷花的雅致。尤其当它们成群成片出现的时候，俨然具备了"秒杀"文艺青年的资本，引得他们纷纷大呼小叫："没看过海芋花海，就不要和我谈文艺！"这种腔调勾起了我对海芋花海极大的兴趣。我挑这个时间来台湾，多少有点受此影响。

头一天下雨没去。第二天，雨还是时断时续。我哪里还坐得住？不管那么多了，决定明天起个大早直奔阳明山，直奔竹子湖看海芋！

阳明山在台湾曾被称作"草山"，因为山上遍生茅草得名。驱车行进中，越来越觉得"草山"之名名副其实。青幽茂密的植被完全是一张巨大的绿毯子，把阳明山覆盖得密密实实。阳明山海拔只有400多米，但一路竟然可以用"云蒸霞蔚"这样的词来形容。山路蜿蜒，每个转弯处都附送一份惊喜，被雨雾装扮得千姿百态的山峦一而再、再而三地点亮了我的眼睛。

树林里雾气迷蒙，野草杂木和硫磺的气息混杂在一起，充溢了每一寸空间。虫鸣鸟叫此起彼伏，却了无踪迹。骤然有雀儿从眼前扑棱棱飞起，抬眼去寻，只看到受了惊的野花在眼前摇摆不停。盘根错节的大树直插云霄，树下布满苔衣。也不知道这树有多少年了，时光躲在它苍劲的身躯里沉默不语，任凭翠绿的青藤恣意纵情、放浪形骸地攀缘而上。一排排深褐色根须从树干上横着垂下来，随风飘荡，好像寿星老人的冉冉长须。侧耳聆听，似有水珠滴落青石的声音，滴答滴答，隐隐透着某种玄机。

遍植海芋花的竹子湖，是位居大屯山、七星山与小观音山之间一片平坦的谷地。这里曾是火山爆发后形成的堰塞湖，湖水退去后，火山灰留下的肥沃土壤让这片土地充满生机。据说早年这里箭竹繁茂，"竹子湖"因此得名。近些年因为海芋花的经济效益更好，农户们开始大量种植海芋，并逐渐形成规模。今天的竹子湖已成为台湾最大的海芋种植基地，年产量大约500万支，占全岛海芋花总产量的90%。

天气仍然阴晴不定，太阳时隐时现。一条白色云带缠绕在半山腰。渐渐地，开始有海芋花进入我的视野，从一簇簇，一丛丛，到一小片，一大片。不过真正"秒"到我的，还是在穿过蜿蜒小径进入山谷腹地的那一刻。

眼前豁然开朗，一大片白色花海突然闯进我毫无防备的眼睛——花海荡起的涟漪在风中翻腾，碧浪般涌到山脚，却被青山挡住，不甘心地再次奔涌而去，又被挡了回来。一波一波此起彼伏，好像激情一直澎湃——这情景的确"秒杀"了我的想象，让我跟贾宝玉一样，立在那里成了一只"呆鹅"。

也许用"壮观""狂野""澎湃""汹涌"这样的词来形容海芋花海是不够贴切的，实际上，海芋花给人的观感更多的是柔美。它们形态纤弱细长，一幅羞答答欲说还休的模样。宽大的叶片中心抽出一只瘦长的青茎，细细的长茎托起一支纤尘不染的白花，娇娇柔柔的样子，很有点林妹妹的弱柳扶风之态，叫人不能不生出百般怜爱。然而当成千上万的海芋花汇成白色的海洋，并且随风卷起一浪浪涟漪奔涌的时候，便淡了小女儿的娇羞而有了母性的博大，像在深情呼唤远方的游子。

此时，悬在山腰的那条白雾有点急吼吼的样子，翻卷腾挪，想要俯身扑进这片花海。叶的绿，花的白，天的青，被变幻的雾牵引着、游弋着、交织着、慌乱着。一会儿花流淌到云端，一会儿云又泛滥到花间……不知道究竟是谁在纠结？谁在缠绵？谁在挽留？谁在等待？

如同一场阴谋，浓密的大雾像一张天罗地网，突然间罩了下来。短短几秒之间，天光骤暗，山、树、溪流、人影全部遁去，整个山谷凝固了。只剩眼前这些白色的花，海市蜃楼一般浮现。我小心翼翼地伸出手，轻轻触摸洁白的花瓣。一份幽凉的感觉从指尖传过来，荡起些微的颤栗。

超凡脱俗。

是的，终于找到这个词了。此刻的海芋花给我的感觉就是如此，只能如此。难怪王阳明会留下这样的哲言："你未看此花时，此花与汝心同归于寂。你来看此花时，则此花颜色一时明白起来。便知此花不在你的心外。"

几分钟以后，浓雾消散，万物重归秩序。山水依然，房舍依然，花海依然。

　　年轻的花房姑娘戴一只白色发卡，围着黑色塑胶围裙，穿着长雨靴，耐心向游客传授采花技巧："花苞全张的维持不了多久，裹得太紧的有可能开不全，要挑那种三到七分开的。采花的时候，不要左右扭动或大力拉扯。看，只需这样把手伸到水里，握住花茎底端，垂直往上拔，听到啵的一声就可以了。"

　　因为种植需要，花田里都会垒出一条条高于水面的田埂，游客可以沿着细长的田埂走到深处去。我很快便掌握了采花技巧，那一声声美妙的"啵啵"声带来了极大的愉悦和满足。忽又想起红楼梦里晴雯喜欢听撕扇子的嗤啦声，以前觉得不可理喻，此刻便原谅了她的娇憨任性。

　　采了花，我们就近找一家农家小馆吃饭。汁香味浓的"三杯鸡"，清脆碧绿的"滑蛋过猫"，刚从山上采摘来的箭竹笋，软软糯糯的小笼蒸米糕，黄澄澄的煎蛋豆腐……竹子湖的农家菜也是远近闻名。我一边大快朵颐，一边望着青山花田，认定五柳先生的桃源已经妥妥帖帖地安放在眼前。

　　阳明山之于台北，有点类似香山之于北京，仿若一个城市的后花园。只是如果非要把香山比作成熟多情的女子，用层林尽染的姿色撩拨你、诱惑你，让你心醉神迷，那么阳明山则更像心无城府的少女，用烟云缭绕的花海拥抱你、抚慰你，让你忘了归期。

　　难怪有此一说——台北不可一日无此山。

野柳地质公园
YehliuGeopark

"海风冷冷吹胸前海鸟哮无停
乎阮想起三年前为何这不幸
初恋的爱情留恋的海边
双人相爱在野柳"

——江蕙《相爱在野柳》

台湾野柳地质公园

无心插柳柳成荫

　　第一次看到"野柳"这个地名，觉得这地方一定很浪漫。想象中的野柳，是波涛汹涌的悬崖上长出一片柳树林，是把"月上柳梢头，人约黄昏后"的场景搬到海边，多撩人啊。后来才知道这想象实在太离谱了。

　　野柳的柳，只是海边一些被风化的石头而已。从地质学上讲，野柳景观的形成是2000万年前造山运动的影响，海底沉积岩上升到海面之上产生单面山、海蚀崖、海蚀洞等地貌，再经过几百万年的海蚀、风化、潮汐、温度带来的热胀冷缩，形成了蕈状岩、姜状岩、蜂窝岩、溶蚀盘等岩层景观。换句话讲，大自然用天地洪荒造就了一个石头花园。

　　野柳之所以被中国旅游爱好者熟知，是因为它曾登上过《中国国家地理》"选美中国"的榜单，获得了"中国最美八大海岸"的第二名。我知道野柳还有一层原因。爱好摄影的先生曾在《中国国家地理》上发表过几幅拍摄于野柳的作品，海浪中的蜡烛台被他拍得相当唯美。因此我来这里，是带着很高期待而来的。

　　好在野柳没有让我失望。

我们到野柳地质公园的时候是下午。天光晦涩，厚厚的云把天空压得很低，像是快要跌进海里。沿着步道往海边走，平整宽阔的海滩上，很突兀地冒出许多褐色石头。它们并不美，显得有些蛮横，有些不合常理，迎着我惊诧的目光不屑一顾：大惊小怪！

海边有岩石不少见，奇怪的是它们的质地、形状和规模。首先是成群结队，其次是质地粗糙、形状怪异，让人大开眼界。

我想，只能是一个喝醉的诗人，在月色极好的夜晚，才会脱口而出"野柳"一词的吧？或许只有在诗人眼里，石头才会和柳树联系在一起，赋予它生命的质感和生机。被风沙和海浪雕刻的棱角，被潮汐和时间吞噬的空洞，正是命运给予它的磨砺，赐予它的祝福。

今天的我们，如果也能拥有这样诗意的情怀，那么我们的想象力，也许就能和"野柳"产生更多的链接。

野柳地质公园并不大，准确地说，它是一条1.7公里长、250米宽伸向海里的山岬，更形象的说法是一条伸向海里的"舌头"。顺着步道一路走来，蜡烛台、女王头、仙女鞋、豆腐石、地图石、情人石、卧牛石……这些景观像一本慢慢展开的书，一路给你带来快乐和惊喜。

要论野柳最浪漫唯美的景观，当然非"女王头"莫属。

这尊突起于斜缓石坡上的"女王头"被公认为野柳的标志，也是公园门票上的图案。首先胜在高度，女王头整体高度达到2米。单从这点看，她也是有理由傲视群雄的。其次她的整体线条十分流畅，云鬓高耸，下颌微仰，美目远眺，顾盼生辉，端庄中流露出高贵典雅的气质，令人不能不对大自然的鬼斧神工啧啧称奇。

或许因为女王头声名太大，1983年曾经有人企图用利器切断女王头，未果。但她的颈部从此留下一道长长的伤疤。事后园方调和相同颜色的水泥来替她"整容"，但没维持多久，这道疤痕反而更加明显。

随着时光流逝，女王头命运堪忧。她修长的脖颈因为长期遭受风化侵蚀，已经变得十分细弱。地质学家推算，依照目前的风化速度，"女王头"颈部大概还可以坚持10到20年。一旦遭遇大地震、强台风的袭击，随时可能寿终正寝。不过官方未雨绸缪，已经找到一块名为"俏皮公主"的石头作为"女王头"的接班人，据说外形颇有几分年轻版"女王头"的神采。只是我在野柳风景区转来转去也没找到"俏皮公主"，倒是发现一个扎着冲天辫、系着围巾、心无城府的"野丫头"。

旅行的乐趣就在于此。不同的眼光，不同的视角，不同的感受，会带来不同的形貌，不同的内涵，不同的发现。我简直要雀跃了，因为野柳从此多了一个属于我的"野丫头"，好像这个地方和我建立起了某种特殊联系。

和"女王头"高高伫立在岸上不同，"蜡烛台"则放低身段，飞身入海。海浪不断冲进这个低洼处的溶蚀盘，在岩石上绽开无数浪花。海浪像一个秉性无常的男人，有时温柔，有时凶悍，有时焦躁，有时沮丧，有时狂热，有时冷淡。这些岩石像永远逆来顺受的女人，接受一切，包容一切，承担一切。于是它们有了和别的岩石不一样的形貌——海浪的冲刷使"蜡烛台"显得十分光洁，质地细腻如打磨过的玉石，有一种精致的美感。光润的石面像一张巨大的餐桌，桌上摆满高高低低的烛台。蜡烛有的已经点燃，你仿佛能看到烛尖上一簇簇跳动的火焰。

　　旁边一对小情侣在调笑，他们把蜡烛台比喻成女人的香艳之处。男孩放肆的笑声和女孩娇憨的嗔怪令人浮想联翩，忍俊不禁。

　　上帝有多爱这片海？用天崩地裂的洪荒之力，用几百万几千万年的时间，创造了野柳，让来到这里的我们除了惊叹，唯有对大自然顶礼膜拜。

　　离开的时候回望野柳，这些石头好像多了一份亲切，一点温

度。我脑子里突然跳出一个念头：被风沙、波浪、潮汐、海流、温度、时光磨砺的这些石头，是不是也跟大青山无稽崖下的那块石头一样，生来有一段痴心，直到历经沧海桑田的劫难之后，终于沉默地伫立在这里？

这么想着，再看过去，它们好像真的有了一种柳的韵致。

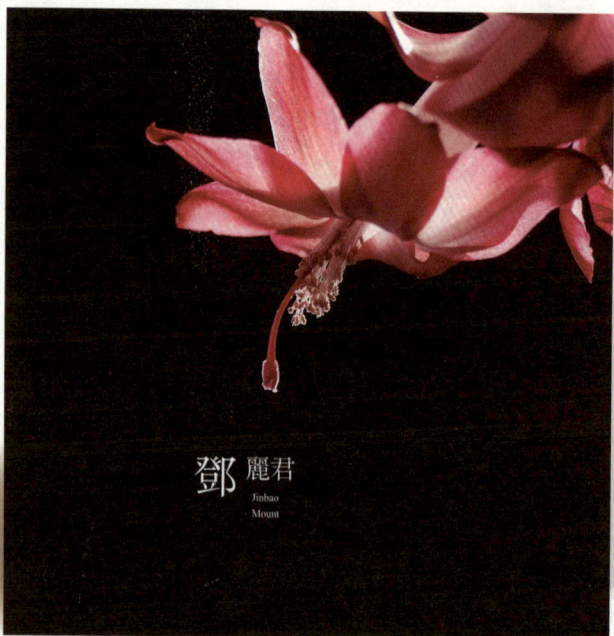

鄧麗君
Jinbao
Mount

"好花不常开，好景不常在
愁堆解笑眉，泪洒相思带
今宵离别后，何日君再来"

——邓丽君《何日君再来》

邓丽君墓园

一弦一柱思华年

去金宝山探访邓丽君墓园的路上，仿佛为了应景，天空再次飘起了蒙蒙细雨。她如泣如诉的歌声融进漫天飘飞的雨丝里，浸润在每一寸氤氲的空气中，弥漫在云雾缭绕的山路上——"分不出是泪是雨，泪和雨忆起了你。忆起你雨中分离，泪珠儿洒满襟……"脑海中浮现出她年轻时的模样，双手托颊，笑靥如花。"眉是山峰聚，眼是水波横"，从里到外透着那种令人舒服的干净和明亮，还有一丝白鸽子般的羞怯。

对于很多人来说，邓丽君是小城故事的邻家小妹，是在水一方的梦中情人，是香港之夜的靡靡之音，是空港月光下的一滴胭脂泪。白玫瑰的清雅与红玫瑰的浓艳奇妙融合，清新与时髦、温婉与愁绪盈盈若水，荡漾在她的歌声里，赢得了传统与现代审美眼光众口一词的青睐。她袅袅娜娜、娉娉婷婷地停驻在许多人的心里，让他们在她的低吟倾诉中丢盔卸甲，沉醉不知归路。

据说金宝山墓园的老板也是邓丽君的歌迷，当年听闻邓家在为邓丽君挑选墓地，便诚意力邀，表示愿意免费提供占地150坪的墓地，用于建造邓丽君墓地和"邓丽君纪念公园"，象征性只收取了1

元台币，让邓丽君叶落归根，也为歌迷提供一个缅怀追思的去处。如今20多年过去，金宝山不仅成为台北的一处旅游胜地，墓地的价格更是飙涨了许多倍。名利双收，让人不能不佩服老板的精明。

我们绕道而来，耽误了一些时辰，上山时已近日暮，游玩祭扫的人们早已归家。从山脚往上行，依着山势，各式各样的墓地满山遍坡，掩映在苍翠幽深的丛林间。越往上走，越是空灵寂寥。山上的花草树木，似乎都带着一种莫可名状的神秘。

雨时疏时密，山路上雾气蒸腾。突然，涌出一团巨大的浓雾，把我们的车彻底包裹住，什么都看不见了。一阵寒意倏然袭来——我们，该不会迷路吧？我怯怯地问。

开车的朋友倒是淡定：不可能，这里没有别的路啊。可我还是听出他声音里的一丝犹豫。

几经周折，车子终于从浓雾中钻出来，眼前神奇地出现了一个小岗亭。刚才被雾遮挡，我们绕了几圈竟然没有看到。我如释重负，停车询问，那个保安模样的男人大概也觉得奇怪，他伸手往前面一指：就是这儿呀。

顺着他指的方向，"邓丽君纪念公园"的牌子清清楚楚地出现在前面，一道雨后的夕阳正巧落在上面。

我们走进静谧的"筠园"。园区占地面积大概500平方米，分墓地和公共区域两部分。拾级而上，已经听到婉转的歌声在空旷的山谷回荡："好花不常开，好景不长在，愁堆解笑眉，泪洒相思带……"一架黑白大理石砌成的巨大钢琴出现在眼前。琴键黑白分明，仿佛正被她的纤手触碰，弹奏出耳熟能详的旋律。钢琴后面是邓丽君的一尊金色铜像，微仰着头，双臂伸开，满面春风，看不出是出场还是在谢幕。也罢，何必追问，也许连她自己都没法回答——个中滋味，冷暖自知。

邓丽君出生在台湾老兵聚居的"眷村"，从小就被打上了"外省人"的烙印。父亲为排行第四的女儿取名"邓丽筠"，意为"清丽的竹子"。早早就显示出过人表演天赋的邓丽君，清秀美丽，歌喉甜美，13岁起就辍学登台，赚钱接济家用。只是那时谁也不会想到，这个女孩来日会成为红遍世界的歌坛巨星。

邓丽君的童年是清贫而困窘的，在那个远离祖辈故土的地方，眷村的孩子从小就浸泡在浓浓的乡愁里，有着异乡人的情怀。邓丽君成名之后大部分时光里，驻留的地方并不是台湾。她的足迹踏遍日本、新加坡、泰国、美国、英国、法国等国家及香港地区……盛名之下，人们不懂，她为何总将一个孑然的背影留给她的故土。

邓丽君有过美好的初恋，却因恋人的猝然去世戛然而止。声名大噪之后的她因"假护照"风波曾被日本警方短暂拘押，身心俱疲。于是漂洋过海去了美国，并在那儿与初闯好莱坞的功夫小子成龙有过一段恋情。才子佳人最终各分东西，看似美丽的恋情正如她在歌里唱的那样"好花不常开，好景不常在"。后来成龙接受访谈时表示，邓丽君是一个"很干净，很高贵，很美丽"的女孩子。成龙天性喜欢热闹，动辄把哥们儿义气放在首位；邓丽君却孤傲、安静，她要的是一种纯度很高的两人世界，不受外界干扰，不容半点瑕疵。两人因缘分而了解，却因了解而分离。

20世纪80年代初，如日中天的邓丽君和香格里拉集团的公子郭孔丞有过一场婚约。那时的邓丽君十分渴望拥有一份平凡安定的家庭生活。未料婚礼前夕陡生变故，郭家提出的条件是邓丽君必须退出歌坛，放弃演艺事业，一心一意相夫教子。这让自主性和自尊心都极强的邓丽君无法接受，最终决定放弃婚约，再次远走他乡。也许她未必没想过退出歌坛，只是不能容忍"爱情"被"条件"所绑架。与幸福失之交臂的她，所有情感只能融化在歌声里，直到把自己唱得泪流满面——每一滴泪，都是不能触碰的痛，不堪回首的伤。

铜像旁一条甬道通向墓地。小径深处，一颗枝繁叶茂的大树举臂若伞，庇护着石棺。石棺是黑色大理石筑成，上面镶嵌了她的一张彩色照片，镌刻着她的本名"邓丽筠"和生卒年份"1953～1995"。石棺中间，一个大理石雕成的粉白色玫瑰花环十分醒目，想必那是她的所爱，也是她永不凋谢的青春象征。石棺前方还有一尊白色大理石半身卧像，长发披肩，眼神温柔，像在诉说什么——可纵有万语千言，更与何人说?

她的一生，实在令人唏嘘——看似拥有了全世界，却没能寻得一方停泊的港湾。万千宠爱于一身，最后一刻却只有无尽的孤独绝望，和痛彻心扉的一声声呼唤"妈妈，妈妈……"伫立在她的墓前，我为这个漂泊无依的灵魂潸然泪下。

筠园之下，碧海长天。雨后草丛中，蜘蛛结起一张大网，上面有偌大的雨滴，让人想起佳人腮边晶莹的泪。

"锦瑟无端五十弦，一弦一柱思华年"。爱与哀愁凝聚在这一弦一柱之中，抛洒在无尽的时光之墓上。岁月经年，冬去春来，日日夜夜陪伴着她的，也只有这一山的风，一海的浪，任多少追忆怀念都挥不去的寂寥……

突然明白了她的歌声为何一直在空谷回荡，唱不尽的幽怨缠绵啊。

九-
份-
JIU
FEN

"这里的街道有点改变
这里的人群喧闹整夜
望着朦胧的海岸线
是否还能回到从前"

——陈绮贞《九份的咖啡店》

侯硐和九份

流水落花春去也

　　知道"侯硐"这个地名源于一些旅游攻略里关于"猫村"的图片和介绍。我想象中的侯硐，应该是一个充满人文气息的小镇，像丽江、周庄那般古雅，时光沉睡在慵懒的窗台和屋檐下，猫咪们趴在房前屋后，游走于充满旧日风情的大街小巷，透过雕花的窗棂与你四目相对——那是文艺青年最倾心的风情画。我想，哪怕美人迟暮也该风韵犹存吧！

　　到了这里才发现，哪里来的美人，侯硐就是一个满目沧桑的老汉啊！佝偻瘦小的身躯，比想象中更瑟缩、更冷清、更寂寥。如果不是空旷的站台上一道道锈迹斑斑的铁轨，伸向云雾缭绕没有尽头的远方；如果不是庞然大物般的拱形运煤桥颇不协调地跨越在青山之上，如果不是洗煤厂残破的厂房和白墙上"产煤裕国"的标语，还在斑驳的废墟中诉说昔日的辉煌——我实在想象不到侯硐这么一个小小的山村，也有过叱咤风云的往昔。

　　面对今天不足百人的居住人口，你真的很难想象，几十年前的侯硐曾经怎样的鲜衣怒马意气风发。站台上汽笛长鸣，大山里机器轰隆。地下的矿产就是金钱和美女，就是财富和权利，就是现实和未来，就是梦想和天堂。采矿的人们一拨一拨涌进这个小小的山坳，在这里安家落户，生火做饭，生儿育女。昼夜不歇的车轮如同年轻汉子跳动不息的脉搏，强劲有力，充满生机和活力。他们的梦想和汗水在荷尔蒙的激发下四处飞扬，把偏安一隅的小小村落搅得尘土飞扬，热气腾腾。

如今的侯硐只剩下老人了。站台旁散落的民宅像无人认领的弃婴，快要被满山满坡的绿色淹没了。中午的阳光从云层里钻出来，发现这里没有缭绕的炊烟可以纠缠，只好心不在焉停在草叶茂盛的坡坎间，溜进冷落的门扉、寂寥的窗户间，苍白着脸四下打量。这一打量却有了惊喜，因为——猫咪们出来晒太阳了。

这么多的猫咪，拥有自己名字的猫咪。唯有它们，才是如今侯硐的主人。

20世纪70年代，随着矿产资源的衰竭，人去楼空。侯硐只剩下一个空壳，里面装的除了清冷，还是清冷。当年曾被机器的轰鸣声吓回深山"猴洞"里的猫咪们重新出山，成为村落的主人。那些汽笛长鸣的铁路线，如今改为旅游列车，每天载来的都是探访猫村的游客。因此，猫咪理所当然成了侯硐的主人，侯硐则藏进青山里，成了猫村。

在这里，猫咪们不仅拥有自己的猫舍、名牌，拥有自己的明星、领袖，还有猫咪专用道、猫咪指示牌、猫灯、猫卡通、猫咪墙……迎面相遇，人得为猫让道，它们可以毫无顾忌躺在马路中间睡大觉，可以大摇大摆占据人家的大门、窗台、桌椅、床头，可以肆无忌惮地出入车站、月台、商店、步道桥……谁让如今的侯硐靠着这些猫咪讨生活呢？以"猫"为主题的产业链条俨然成了侯硐的新名片。这张名片虽然不够响亮，但对于重归宁静的侯硐来说，未尝不是最好的归宿。

午后的阳光下，猫咪在属于它们的领地晃荡。面对长枪短炮的镜头，这些见惯不惊的家伙无比淡定，该吃吃该睡睡该玩玩，根本不屑理睬你。有时它们的注意力会集中到一面绘制着它们形象的卡通墙上，端详片刻，然后悻悻然用爪子去刨几下，也不知是在表达赞赏还是失望。猫咪们浑然觉不出沧海桑田的悲凉，一味安享它们岁月静好的时光。

我在车站的纪念品商店买了几张明信片，主题是"猫与铁道"系列漫画，画面中的铁道和猫咪，怎么看都有一种相依为命的味道。

　　台北周边的地名都颇具乡土特色，什么侯硐、暖暖、平溪、十分、瑞芳、九份……初初看到，总是对这些名字的来源很好奇。据《台北县志》记载，清朝初期九份是一个很小的渔村，一共才9户人家。每去集市去采买生活用品，他们都依样买九份，于是大家就用"九份"来称呼这个村子并且一直沿用至今。不管这个来源有没有考证，我都很乐意相信九份来自于这么一个有感情有温度的故事。

　　从侯硐到九份距离不远，蜿蜒的山道只顾把春天塞进你的眼睛和大脑，一路上除了绿还是绿。正有些审美疲劳，九份懵懵懂懂地一头撞进我的眼帘。眼前陡然开阔，一片无垠的海轻轻托起一带逶迤的山。这边厢，海刚刚浸染了山的绿；那边厢，山已经融化了海的蓝。再看山上那些星罗棋布的房子，怎么看都像从天上散落的珠子，仿佛会在风中发出清脆的声响一般——第一眼看到的九份，就像"养在深闺人未识"的佳人，一出场就叫人眼前一亮。

　　如同陈逸飞的《双桥》让周庄声名鹊起一样，九份这个地方，则因一部叫做《悲情城市》的电影走进大众视野。1989年，台湾著名导演侯孝贤执导的影片《悲情城市》斩获威尼斯影展大奖，电影的取景和拍摄地九份因此声名大噪，引来了如潮的人流。加上日本动画大师宫崎骏的《千与千寻》上映后，人们发现影片中那个魔幻之城与山城九份的样貌竟然如此神似——挂满红灯笼的老街，汤婆婆的澡堂，漫长狭窄的石阶……应该说，九份成就了艺术家的创作灵感，艺术家则成就了九份的再度繁华。

　　虽然有一个很村姑的名字，但九份却是实实在在的富家千金。从清朝光绪年间发现金矿开始，它享受了半个多世纪的富贵荣华。

因为金矿多，含金量高，大批淘金者蜂拥而至，曾经只有9户人家的小村落，一度发展成为拥有几万人口的繁华小镇。日据时代是九份金矿出产的鼎盛期，当时星罗密布的金矿有80多个，采矿的坑道像密集的蛛网一样四通八达，出产的黄金是以吨作为计量单位的。

可以想象那个金碧辉煌的九份是如何搅动人心：漆黑的地下坑道里沉睡着富贵、荣华、权利、情爱、欲望、辉煌，一拨拨满脸黑灰形如蝼蚁的矿工在这里夜以继日地挥舞锹镐，挖掘他们人生的希望和梦想……大量人口涌进这个宁静的山村，建房拓地，开店结市，沸腾喧嚣的生活从不缺少与金钱共生的戏码——有那花街柳巷夜夜笙歌，茶楼戏院纸醉金迷的欢歌；更有穷困潦倒走投无路，血汗榨干一贫如洗的悲情。入夜时分，童话般的九份漂浮在漫天的繁星和鳞次栉比的灯火中，让人间的繁华和荒凉，都有了落脚之地。

20世纪六七十年代，随着矿藏的开采殆尽，九份也渐渐走向没落。地下的铿锵声越来越弱，最后，连同那活色生香的时代一起被埋葬。卸掉金簪玉环的九份恢复了村姑的面貌，繁华一梦哪堪回首，不问也罢！曾经宝马雕车香满路的老街，曾经玉树琼枝作烟萝的巷道，曾经歌管楼台声细细的戏院，还有犹为离人照落花的红灯笼……它们褪去了浓艳的色彩，留下了沧桑的痕迹。这些痕迹在侯孝贤和宫崎骏的电影里面浮现，像被遗弃的女子落寞幽怨的眼神，让人们重新打量不施粉黛的九份，这才发现——野百合也有春天。

于是九份再次迎来了它的春天。

基山街平坦而狭窄，不过一两米宽的街道两旁杂花野草似的挤满了各色店铺，小吃、服装、杂货、民宿、茶楼……花花绿绿红红火火的美食和广告一路挑动你的味蕾，随便拎出一家都是有四五十年历史的老店。鸡骨熬制的高汤鱼丸，满街飘香的阿兰草仔粿，软软的红糟肉圆，春卷冰淇淋、阿婆铁蛋、红糖糕、烧酒鸡麻油鸡，还有九份当家小吃"芋圆"。据说海水中的盐分渗入土地，让九份的芋头和别的地方不一样，有着一种特殊的口感。老街上最富盛名的芋圆店铺当属赖阿婆芋圆。青花瓷的碗里，红黄绿白紫的芋头切成小块，个个晶莹剔透，配上甘甜软糯的红豆，一口咬下去，那份爽滑软糯的感觉很妥帖地滑到胃里……

九份茶坊是一个有着百年历史的建筑，它的前身是盛极一时的翁氏大宅，淘金年代一个有权势的矿主。1989年，28岁的洪志胜来到九份写生，空房子、老人、小孩、猫与狗，冷清而美丽的九份让这个年轻画家频频回首。两年之后他离开台北，来到九份买下这幢门前有一颗茂密樱花树的老宅，开起了老街上第一家茶坊。

踏进九份茶坊的大门，老街的喧嚣悄然遁去。灯光氤氲地照在斑驳的墙上，照在琳琅满目的陶罐、陶壶、茶杯、茶具上。巨大的长桌中间，一整排大茶壶正在炭火上汨汨地冒着热气。四下打量，发现这里有如一个小型茶艺博物馆。从回廊、梁柱、木雕、挂钟、铜洗、老风扇到褪色的瓦片，旧式梳妆台，古雅的老柜子，蓬勃的绿植，到处都散发着悠远的古意。耳畔有细细的流水声，转过头，层叠流淌而下的涓涓细流，在青石磨盘和翠绿的藤蔓间溅起一阵幽凉的水气，有漂亮硕大的锦鲤在里面欢快游戏。

我们随意捡一张桌子坐下，服务生便将冒着热气的老铁壶坐在炉子上，奉上茶叶茶具，由客人自己取用。周围三三两两的客人，或围坐一室品茗聊天，或在露台读书凭栏。这样的场景非常适合入戏。询问之下，果然，仍然是侯孝贤，他的《戏梦人生》就在这个茶馆取景。

与平坦的老街相比，拥有"最浪漫台阶"的竖崎路似乎更符合文艺青年的审美情趣。颇具日式风格的老房子沿漫长的台阶鱼贯而上，咖啡馆和酒吧居多，门楣上挂着灯笼，窗台上悬着风铃。阿妹茶楼、悲情城市……这些店铺不仅出现在电影中，也出现在九份街头店铺的照片、漫画和宣传海报中。

他们说，九份深邃的夜空下，点点渔火和星子一起跌进大海，半山的灯火倒像要攀到天上去。竖崎路长长的石阶像秋千一样晃动，老街便在月光下跟着摇曳起来。

他们说，来过这里的人都会知道，九份是怎样托住你沉甸甸的心和轻飘飘的梦，让你和它一起安睡的。

此时却是寂静的傍晚，烟云起伏的山峦和大海把九份勾勒成一幅绝美的笔墨山水。我走进纵横交错的小巷，看到有风和云的影子穿过逶迤的石阶，穿过遍布苔衣的石墙，穿过沧桑陈旧的老屋，穿过一丛丛一簇簇恣意盛开的野花……此刻的九份像一个褪去繁华后终身有靠的女人，不再虚张声势，不再跋扈飞扬，不再焦灼于青春不在的仓惶，她看到一缕阳光正从屋檐落到台阶下，于是转身掩上门扉，收音机里婉转的唱腔便落到门里："流水落花春去也，天上人间……"

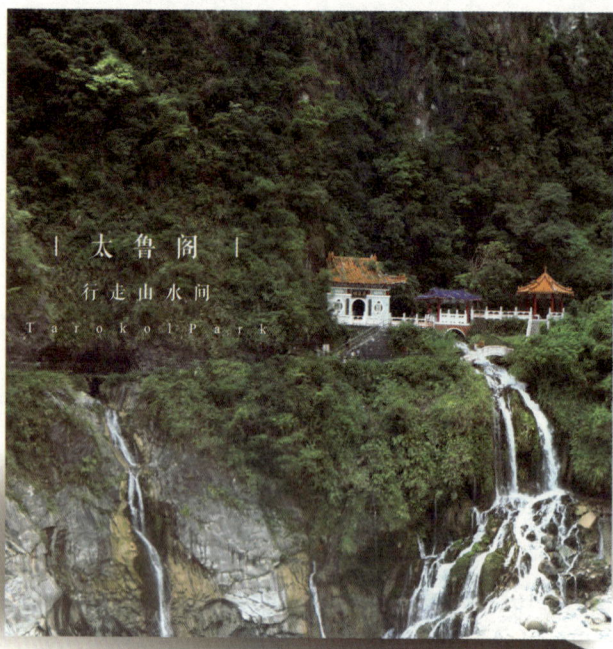

| 太鲁阁 |
行走山水间
Taroko Park

"满天花莲的云啊，
请你飘回台中。
走过长路的人啊，
不要泪如泉涌。"

——《中横情歌》

太鲁阁公园

山水云天太鲁阁

"满天花莲的云啊，请你飘回台中。

走过长路的人啊，不要泪如泉涌。"

偶然在网上听到这首《中横情歌》。旋律轻柔，歌声低缓，屏幕上是一个高中生模样的长发女孩，抱着吉他坐在床上弹唱。怯怯的神情，低低的嗓音，女孩的心思显然不在唱歌，而是在讲诉自己的心事。她赋予了这首歌一种蓝调色温：哀婉中蕴含热情，期待中安于宿命。于是花莲和中横公路这两个名词，就带着这种色温嵌入了我的脑海。

直到穿行于太鲁阁的山水云天之间，我才知道，这便是所谓的缘分吧。

400万年前的地质运动让中央山脉隆起，在奇莱北峰与合欢山之间诞生了一条河，叫立雾溪。清澈明亮的溪流从海拔3499米的地方出发，以平均每公里55米的极大落差一路向东，汇水集流，逐渐壮大，最终从崇德入海口奔腾入海。你能否想象，全长58公里的立雾溪完全摒弃了溪流的柔美画风，它像一把雪亮的利刃，生生从巨大山脉中劈出一线流动的生机，造就了眼前这个险峻陡峭、壁立千仞的太鲁阁峡谷。不知道在电光火石、一往无前的磅礴下，又是什么让立雾溪伸出多情的手，借着时间的洪流，为寒光凛凛的太鲁阁磨砺出一层层一行行诗意的色彩呢？

对于鬼斧神工的自然之力，我们往往冠之于"伟大"这样的词来纾解迷惘。太鲁阁在原住民的语言中即为"伟大的山脉"。是的，伟大山脉的起点只是一条小小的溪流。立雾溪和太鲁阁就这样相生相杀、相亲相爱地纠缠了400万年，然后，把天地奇观礼物一样呈现在我们眼前。

从太鲁阁到天祥，这段20公里几近垂直的U形大理岩峡谷，有长春祠、九曲洞、燕子口、流芳桥、锥麓断崖、慈母桥、兰亭、布洛湾诸多景观。危岩高耸，溪谷深陷，此消彼伏。嶙峋的山峰被草树藤蔓磨去棱角，俯仰之间，岩壁上斑斓的色彩如梦幻一般，投影在青蓝如翡翠的水中，柔情万千。这些鲜明的色彩是岩石在高温高压作用下，被剧烈挤压和水流冲蚀形成的，并且溪水的冲刷侵蚀还在山壁上留下许多大小不一的洞穴，也成了家燕、洋燕、白腰雨燕的天然育雏之家。仰望燕子口岩壁上密布的鸟巢，我禁不住开始遐想，想象自己成了一只鸟，加入百燕鸣谷、群鸟翻飞的奇景中，一路跟随立雾溪的身影穿云破雾，把最美的歌声献给大美天地。

"在山林深处，是我的故乡，那里虫鸣鸟叫，歌颂美好时光……"信奉彩虹神灵的太鲁阁族人用古老的木琴演奏了一曲《山谷的歌》，悠远的歌声把人们带回1914年那场不该被历史遗忘的战斗——持续了74天的"太鲁阁战役"终以族人的失败而告终，2500名参与战斗的壮士最后剩下不到300人。这是日本征服台湾少数民族历次战役中规模最大、动用兵力最多、作战范围最广的一次，也是日本对原住民实现真正"理藩"的开始。此后，祖祖辈辈生活在高山丛林的原住民部落被迫迁徙到平地，改狩猎为农耕，并接受日本人的"教化"。日本以"走向文明"的借口，把原住民的生活方式连根拔起，貌似友善的"文明"不过是他们征服和侵占原住民利益的遮羞布而已。

让我好奇的是，100年前，是什么样的意志和勇气，让太鲁阁人以2500名壮士、原始的猎枪弓箭，来对抗日本的正规部队呢？火炮的日夜轰鸣，熊熊燃烧的大火，接二连三死去的族人——太鲁阁人不会不知道以卵击石的后果，而他们居然坚持了74天。支撑他们顽强抵抗的精神力量是什么？

信仰。太鲁阁人信奉祖灵崇拜。传说只有用生命和鲜血捍卫家园，取敌人首级的男子，他的灵魂才有资格越过彩虹桥与祖灵相会。对"彩虹神灵"的信仰让太鲁阁人拥有无上的毅力和勇气，并且无惧付出生命的代价。

太鲁阁族有纹面的族群特征，他们认为纹面是男性勇武和女性美丽的象征。通常男人纹在前额和下巴，女人纹在前额和两颊。看着照片上太鲁阁老人脸上的黑色纹面，想想用竹签、木炭灰、草药来纹面刺青的原始方式，我心里禁不住升起一阵阵寒意。可是要知道，在太鲁阁人的风俗里，只有会狩猎并已猎首的男子，以及心灵手巧会织布的女子才有纹面的资格，才有谈婚论嫁的条件，也才有穿越彩虹桥的可能。

现在的太鲁阁很难看到脸上刺青的原住民了，一代又一代年轻人早已远离传统，融入现代文明的洪流中。好在仍有一些族人后裔在守护这片精神故土，希望将宗族的传统、古训、信仰、文化、历史、遗迹保留和传承，不至泯灭于无垠的时光之塚。

　　远眺长春祠，我觉得它像镶嵌在崇山峻岭间一幅色彩鲜明的壁画。红白黄的亭台和火红的长春桥一起，在满山绿色中十分醒目。一道飞瀑从长春祠前的岩壁间奔涌而出，然后分成两股白练倾泻入溪。看着看着，长春祠就成了修路老兵的一张脸，两条垂下的白练，不是他们长流不尽的泪水么？原来，被地震、台风、泥石流一再摧毁又一再重建的长春祠，就是为了用这样的泪如泉涌，向长眠的英灵致敬啊。

　　中横公路作为第一条贯穿台湾中央山脉、连通东西海岸的横贯公路，建成于半个多世纪前。这条公路的雏形是日据时代修筑的"理藩道路"，后在蒋经国的主持下，中横公路于1956年7月全面开工，1960年5月建成通车。当时缺乏先进仪器和机械设备，硬是靠着一万多名退伍军人用钢钎铁杵、斧头炸药，一锤一锹在坚硬的岩石上撬洞凿道，完成了这项极其困难的工程。曾被日美专家预言至少需要10年才能完工的中横公路，历时3年9个月即告全线通车。这一奇迹和壮举的背后，是200多人遇难，700多人受伤的巨大代价。可以说，不到200公里的中横公路上，平均每公里就有一个长眠的老兵。

　　车行于连环相接的山洞和隧道，眼前明暗交替，我有一种时空错位之感。湿冷的岩壁间渗出丝丝悲凉和清冷未及弥漫，又被隧道外明艳温暖的阳光全然抹去。

　　我终于感到释然。那些为中横公路献出生命的英灵，必定含笑九泉了。

在锥麓断崖与九曲洞之间，立雾溪有一个90度的大转弯，流芳桥在这里横跨溪谷。陡峭深渊之下，浪花飞溅。我在二层观景平台上读到席慕容的一首诗《刻痕》：

如果你愿意在水边静静俯首
细看那砂质的河床映着天光
在与你微笑的倒影重叠的地方
流动的躯体其实已经
在沙砾间刻划出无数细微的起伏纹路
在光与影之间记载着
碰触时的颤动
和割舍之时的缠绵

清水 断崖
Hualien

"让我们向那山谷滑落
你是那夏天回头的海洋
翡翠色的一方手帕
带着白色的花边"

——杨弦《带你回花莲》

七星潭和清水断崖

踏浪逐歌走花莲

　　在花莲看海，有两个地方是不能错过的，那就是七星潭和清水断崖。西太平洋的海，有花莲这么美的名字做了背景，似乎就有了一种别样情怀。在莲花般的凝望和追随中，它把妖女的野性和魔女的魅惑演绎得丝丝入扣。比如，七星潭那看似美丽却暗藏杀机的"疯狗浪"，再比如，毅然绝然匕首般插进海里的清水断崖，是要斩断情思吗？为何我看到的，却是海天之间柔情泛滥？

　　七星潭不是潭，它是一弯新月型的海滩。关于这个美丽名字的由来，一说从前这里确有可称为"潭"的七个低洼湿地，谓之七星潭。后来日本人为修机场填平洼地，但"七星潭"这个名字一直沿用下来。不过我更喜欢另一种说法：天气好的时候，在这里能非常清楚地看到北斗七星，故名"七星潭"。

　　昨晚睡得晚，一大早却醒了。拉开窗帘，一窗金灿灿的阳光呼啦啦跳将进来，让被期期艾艾的雨纠缠了一路的我，顿时有一种欢呼雀跃的冲动。昨天听民宿的老板说，来花莲一定要挑晴天丽日，否则难以领略它的美。此言让我心心念念，晚上梦见一道彩虹挂在天边。是谁悄悄走进了我的梦，才会在这个清晨，慷慨地赐给我一个如此美好的晴天？

　　车子在明媚阳光中穿过一幢幢整洁干净的日式木屋，穿过绿草如茵的草坪和姹紫嫣红的花园，循着海风的味道停在七星潭的栈道边。从车里下来的时候，这片新月型的海向我抛着媚眼——一道完美的弧线，勾勒出七星潭千娇百媚的曼妙身姿，并且托起身后一带透迤的青山。海是浩瀚的蓝，山是无尽的绿。苏花公路像一条细细的绸带，飘忽于云雾之间。山的尽头便是清水断崖了，欲说还休地承接住我的视线。

　　七星潭的海滩并没有沙子，取而代之的，是美丽的砾石滩。大大小小的石子躺在一起，晶莹剔透中泛着朦胧的光晕和色彩。大若脸盆碗碟，小若玉指珍珠，华丽丽施施然，一直铺陈到碧蓝的海水中。接近浪花时它们皈依了大海，千依百顺的，无怨无悔的。只是那浪花不知何故，褪去了通常具有的清爽质感，涌出层层叠叠稠密浓厚的白色泡沫。白得耀武扬威，白得艳光四射。即使溅在砾滩上，也仍旧还是泡沫，那么执拗地保留它的本质，化不开碰不碎戳不破丢不掉——好像有着天大的委屈，要跟谁讨个说法似的。

　　必须承认，我被眼前这些彩色石头和泡沫浪花折服了。我忘乎所以地奔跑在砾石滩上，为美丽的石头欢乐，为奇特的浪花惊叹，为小男孩搭出的石头宝塔击掌，跟在小情侣后面偷拍人家相拥的样子……我不亦乐乎，久违的不亦乐乎。

　　玩累了，坐在石头上，看海天相接处那些总也不肯安静的云和浪。不知道是天上的云禁不住浪的挑逗下了海，还是海里的浪被调皮的云拽上了天？在我有些迷醉的眼睛里，云和浪已经分不清了——反正在七星潭，它们都是不太按常理出牌的。

　　同行的友人拽住往下蹦跶的我说，这里的浪有时候会发疯的，小心"疯狗浪"。

　　七星潭的泡沫浪花美则美矣，其实暗藏凶险。由于海滩边地形莫测，这里的海浪非比寻常。每年都有被"疯狗浪"无情吞噬的游人，所以任何时候这片海域都是禁止下海游泳的。即便无风的时候，七星潭的浪也有一种卷起千堆雪的妖娆劲儿。听说台风来时，一个浪能把几十米远的墙打一个大洞。我吐了吐舌头——我只拿它当妖，想不到有时候，它竟是魔啊。

　　若说七星潭的柔情里暗藏凶险，那么清水断崖便是把断崖之险、惊涛之骇，于不动声色间化为一腔绕指柔情，让豪情壮志幻化为清水莲花，在你的眼前次第而开。

　　位于花莲境内，号称全世界第二大断崖的清水断崖，有一个多么清丽、形象、富有灵气的名字啊。好像险峻的山脉突然被造物主的手从高处劈开，以近90度的垂直角度直插入海。清水断崖之突兀，像一记砸下的重拳，硬生生刺痛你的眼。

　　绝壁之下，是浪花飞溅一望无际的太平洋。由于此处海底深达千米，深不可测的碧蓝便有了包容一切的气度，让所有狂暴、野性、霸气、蛮横失去铿锵，归于安然。它们好像乐队成员服从了指挥棒的调教，演绎出一场激荡人心的美妙交响。余音袅袅不绝于耳，断崖的绝望被海洋抚平，诉说"天地合，乃敢与君绝"的地老天荒。

　　站在悬崖边，风很大，飞扬的发丝不时遮挡视线——此刻，我看到的不再是锋利的绝杀，狂妄的对峙，凛然的不可侵犯，而是一派天真豁达的随遇而安。我看到山归顺了海，海亲吻了山；我看到云把芳心许了浪，浪恋上白云的容颜。看似坚不可摧的冥顽，化为柔和，温顺，缠绵，化为盈盈可掬的相依相恋。好像希望坠入深渊，以为从此万劫不复，哪知被柔情的翅膀接住，飞越云端。锋利和咆哮在海天的阔达里噤了声，汹涌的激情在爱的光辉里泪流满面。

　　我欲辩已忘言。风，吹皱一池春水，粼粼波光里翻涌的，难道是无边无际的莲花花瓣？

绿//岛
Green Island

"这绿岛像一只船
在月夜里摇呀摇
姑娘哟，你也在我的心海里飘呀飘"

——郁可唯《绿岛小夜曲》

绿岛

孤悬大洋美丽岛

当那个在《绿岛小夜曲》中飘啊飘的小岛终于浮现在海平面的时候，船上的乘客们一阵欢呼：到了，到了！可是这一路被颠簸的海浪折磨得翻江倒海、眼泪汪汪的我已经失去了眺望的兴致，往外瞟了一眼，浪花拍击舷窗，还是风雨中太平洋那张阴郁的脸。

这一小时的航程像一辈子那么漫长。风雨飘摇，船身不堪重负般不停晃荡。船舱里很安静，不晕船的人在睡觉，没睡觉的在晕船，年幼的孩子声嘶力竭地哭。然而这哭声竟然成了一种安慰，用以驱逐身陷无知无解的空茫时，人们对孤单的一丝恐惧。苍茫无际的海洋，最能让人感受自身的卑微渺小而沉默和谦恭，因为你知道，这艘飘摇的船，是你唯一的倚靠。

随着一阵欢呼，船开始减速了。前方有了一些起伏的轮廓，一些模糊的色彩，一些房舍的形状，让人油然而生一种亲切和感动——孤悬大洋的小岛，可以栖身的一方土地，就这样以母性的包容来融化大海的狂暴与桀骜，以绿意盎然的生机和希望接纳所有无助、期待、惊喜的眼光。

距台东18海里的绿岛是玲珑的。面积只有15平方公里，一条20

公里长的环岛公路连接了所有景点。徒步4小时、骑机车40分钟便可绕岛一周。岛上几乎看不到汽车，被摩托车一统天下。街道两边望不到头的摩托车长龙，简直像是自己从地下长出来似的。走在路上，不断有呼啸而过的车影，女孩子红色头盔下飘扬的长发，清脆的笑声、叫声、嗔怪声，在绿茵漫漫的坡道上，白浪汹涌的大海边，成为动感又魅惑的绿岛一景。

台湾的几大离岛如同漂浮于大洋中的橄榄枝，将人世的尘嚣隔绝在浪花之外。兰屿的飞鱼、外婆的澎湖、马祖的蓝眼泪、琉球的珊瑚礁、金门的旧炮台……这些名称让我联想起芭蕾舞剧中，王宫舞会上一个个艳光四射的风情女郎。而绿岛，会不会是那个在午夜钟声敲响时跑丢了水晶鞋的女孩呢？

民宿老板娘十分热心，看我不会骑摩托又落了单，就把桃园来的妹妹介绍给我。妹妹一家四口也是刚刚上岛，住在我隔壁。于是大家一起来到浮潜俱乐部报名登记，换上潜水衣。友人载着妻子，妹夫载着两个女儿，我坐在妹妹车上，往柴口飞驰而去。

这个时间同去浮潜的游客大概有六七十人，我坐在摩托车后座上，前后左右全是疾驰的车影，各色头盔在眼前晃动，油门声轰轰作响——这样的情形让我生出做梦般的恍惚。

到了柴口海边，停好车，大家跟随浮潜教练走到海边。教练手上不知何时多出几根绿色的枝条，指导大家将翠绿的叶子揉搓成浆汁，抹到潜水镜上，在海水中漂洗——据说这是最有效的天然防雾剂。然后教大家戴好潜水镜，确保牙齿和呼吸器咬合良好，交代在水中的注意事项。最后，大队人马被分成12人一队，2人一组，分别抓住绳索连起来的6个救生圈，慢慢往海里走。

由于晕船的不舒服还没完全过去，加上潜水衣冷冰冰湿腻腻地贴在身上，我对浮潜并没有特别的兴奋感。茫然地跟随人流走进海里，扶住救生圈，让身体漂浮起来，然后把脑袋钻进水里。但，就在这一刻我惊呆了——天啊！这是在拍Discovery吗？

我在倏然间屏住了呼吸。实在出乎意料，在靠近海岸仅仅几十米的浅海，就有这么多美丽的珊瑚礁。而且越往深处，珊瑚礁越来越多越来越艳，更有五颜六色的热带鱼加入进来，撩拨我的眼睛和心灵——那是我的想象力从来不曾抵达的地方。珊瑚礁连绵不绝，在眼前招摇：落日红、桃花粉、翡翠绿、柠檬黄、丁香紫、雪色白、荧光蓝、黛石青……此刻的海底世界，静水无声，一片妖娆——就像在上演一场最顶尖的时尚秀！

水中的热带鱼有鸟的轻盈，时而在你身边流连，时而从你指尖滑过。轻灵敏捷之态，游龙戏凤之趣，让你在目不暇接之外徒添怅惘。我被眼前缤纷的色彩迷了眼、醉了心，大脑处于微微缺氧状态——在水下不能喊不能叫不能跳，我只能睁大双眼屏住呼吸，做一个误入仙境的偷窥者、艳羡者和梦游者。

这一刻，我开始触摸绿岛之美。

从上空俯瞰，这个小小离岛呈不规则四边形，像漂浮在海上的一片树叶，或者人鱼公主手腕上那颗绿宝石，玲珑中珠光闪耀。虽是弹丸之地，却有连绵的珊瑚礁，月光下的椰子树，树丛间有梅花鹿，海边有睡美人和守护美人的哈巴狗礁石，有美国政府为纪念胡佛总统号失事事件，感谢岛上居民奋勇救人而修建的绿岛灯塔。更为特殊的是，在这个小小的离岛上，还有世界稀有的天然海水温泉和曾经讳莫如深的绿洲山庄。

　　绿岛又被称为"火烧岛"，一说是岛上发生过巨大的火山喷发，大火熊熊燃烧了数年，从而有了"火烧岛"之名。也因火山岛的缘故，海水经过岩缝渗入地层深处，经地热升温后成为热泉，在压力作用下涌出地面形成天然海水温泉。这种极其罕见的温泉，目前在全世界仅发现了三处，其余两处位于日本九州和意大利北部海岛。绿岛温泉的水温大约在55～90度之间，因此不同区域可沐浴，可煮食。

　　朝日温泉亦很袖珍，紧邻海边的几个池子，白日里静悄悄的。可是一到掌灯时分，就变得门庭若市熙熙攘攘。

　　地平线上，一轮彤红的落日正要跌落，又好似有万般不舍。她的裙裾已经飘在海浪里泛起了金色涟漪，身体却还倚在云端，让半壁的天都为她羞红了脸。风从四面八方气喘吁吁地赶到，扯她的衣袖，挽她的腰带，把她身上的环佩钗簪叮铃铃抛向更遥远的云端。这番纠缠，让那红越发殷深，那赤越发浓艳，顾盼生辉的娇媚简直无法无天。直到最后一丝红霞被海水吞没，你才惊觉星子在天上忽隐忽现。

　　白日的背景全部退下，剩下不肯安静的浪，在朝日温泉的灯火中，一意孤行地绽放。

　　与落日一起迷醉的人们收回眼光，开始享用温泉水煮的鸡蛋。温泉的氤氲将夜风的寒凉推到一边，沐浴在海水中，看潮起潮落，看浪花飞溅，让人怎能不感叹：今夕何夕啊，天上人间。

　　绿洲山庄，这个好听的名字并不能将当年的阴森残酷减弱分毫。台湾当局曾在此关押过大量被视为"异己"的肃清和改造对象，包括柏杨、李敖等一些声名显赫的政治、经济、文化界名人。直到1991年最后一名政治犯获释离开，绿洲山庄那段带有严重政治色彩的沉重历史才宣告结束。

春末夏初，绿岛的岸边，铁炮野百合开得热烈而奔放。

伫立在海边，我仿佛看到了她。看到18岁的她轻轻掀起裙角，露出一双白皙、匀称的双腿，在清晨的阳光中采撷野百合的样子，那画面美极了。这个在绿岛长大的少女，对于小岛另一边关押的那些"政治犯"早已司空见惯，并不觉得他们有什么奇怪。尤其当那个清秀白净、会吹小喇叭的男人对她投来热烈的眼光，她竟然羞红了脸——那是监狱"康乐队"来村里表演的时候，她上台唱歌，他为她伴奏。

这些文化人多才多艺，会演戏吟诗，会唱歌谱曲，会弹奏乐器……村民们一边看一边赞，一边又偷偷叹息：唉，就算有百般才艺又怎样？入了绿岛监狱这辈子没有出头之日，只能终日劳役，而且根本别想逃。岛上人烟稀少，很容易搜查，就算逃出监狱，面对茫茫大海，也插翅难飞啊。

旁边的人点头附和道，是啊是啊，别说逃跑是死路一条，听说表现不好或者得罪看守的人，会被关到海边的碉堡里。那里漆黑潮湿，不能屈伸，不能走动，每天只有三个馒头一杯盐水，熬不多久，也是个死呢。

自从那次合作以后，乡里每次组织巡回演出，她都和他搭档。朝朝暮暮盼着见面，等他走到跟前，她却又低了头，红了脸。她知道那两道灼热的目光一直跟随着她，唱起歌来，她的声音更加清脆了。演出间隙，他们的手终于悄悄握到了一起。

和政治犯恋爱显然是犯忌的，不被祝福也不能够公开。但爱情来了，就像潮水冲上了岸，谁能挡得住呢？面对父母的眼泪和劝诫，坚贞的少女决心捍卫自己的爱情：我不怕，我会等他！

可是没有想到，她等来的却是绿岛监狱一位刘姓军官的求婚。

军官也为这位能歌善舞的少女着迷。他踌躇满志，以自己的身份地位，抱得美人归肯定不成问题，没想到居然被回绝了。打听之下，才知道美人已经心有所属。而更让他恼羞成怒的，是自己的情敌，居然是一名正在被羁押的政治犯。一怒之下，军官下令把政治犯关进黑暗阴湿的海边碉堡，让他自生自灭。

为了解救情郎，少女放下自尊苦苦哀求。军官心里泛酸脸上带笑，说："放过他不难，只要你嫁给我。"

少女咬着嘴唇不说话。沉默了很久，一字一句地说："好，我答应。"

眼泪，一滴一滴落到地上。她还是咬着嘴唇。

军官喜出望外，终于可以抱得美人归了。

政治犯得以离开地狱般的海边碉堡。而成为新娘的少女，在新婚之夜喝下了一瓶农药。她用如此刚烈决绝的方式成全了自己的爱情，因为在她心里，不能忍受纯洁忠贞的爱沾染一丝污渍和尘埃。

她把年轻的生命放在爱情的祭坛上，化蝶而去。

这是一个真实的故事。这个少女的名字，叫苏素霞。

岁月的苍茫中，野百合年年摇曳，诉说"绿岛百合"的故事，让人一遍遍湿了眼眶。

暮色中，潮水里，我似乎又看到花丛里的她——依然青春美丽、笑颜如花。即便在最黑暗的白色恐怖年代，即便强权和压迫趾高气扬，人性与爱情依然会在最贫瘠的地方开出艳丽的花，在最黑暗的地方成为永不熄灭的灯塔。

　　不信你看，在这礁石遍布、海风呜咽的岸边，野百合唱响了整个春天。

垦丁
Kenting

"月有阴晴 潮起也有潮退
　你也要试着 去欣赏 不完美的美
　那儿风光明媚 eh ~ 看你怎么去追
　那儿风光明媚 eh ~ 看你怎么体会"

——梁文音《风光明媚》

垦丁

春江潮水连海平

该用什么颜色来形容垦丁呢？

绿岛是纯色的，像它的名字。而地处台湾最南端的垦丁，难道不应该是更纯净的颜色吗？想起《海角七号》的一张电影海报，晴空、沙滩、落日和背影。人和故事都已泛黄，藏在卷了边积满尘埃的旧书里——在我的想象中，褪色的蓝调，才适合垦丁。

眼前却如此嘈杂和张扬，像彩虹一样饱满、热烈、耀眼，还夹杂着一丝飘逸和轻浮。这是垦丁吗？

我有点懊恼来得不是时候。然而，对已经或者正在涌向垦丁的人潮而言，他们却无比兴奋。因为，一年一度的"春天呐喊"音乐季以及大咖云集的"春浪音乐节"正在这里火热上演。

当台北还浸淫在无边的烟雨中，垦丁已经是艳阳高照，春潮涌动，缤纷的沙滩和热辣辣的比基尼，震耳欲聋的音乐，拉风的敞篷跑车，落魄的流浪歌手，狂热的追风少年……

我们没有办法订到房间。据说这两天有将近20万人涌入接待能力不过几万人的垦丁，以至于这个静谧的小地方突然间人满为患，一床难求。宽阔的垦丁大街几乎成了停车场，全城警力倾巢出动维护秩序⋯⋯

　　"春天呐喊"音乐季创办于1995年，当时很多不名一文的乐队和歌手聚集在垦丁的星空下，挥洒青春的才华和郁郁不得志的愁绪。本土音乐人的一场大party，引发了媒体关注以及越来越多乐迷的追捧，"春天呐喊"借着垦丁的海风直上青云，成为蜚声海内外的著名音乐盛典，出现了不少耀眼的明星和乐队。这其中不乏后来声名赫赫的五月天、萧敬腾等知名音乐人。

　　一个台湾少年的游记这样描绘"春天呐喊"的垦丁："四月初的海风，吹拂着日光带来的咸味，从四处来朝圣的、膜拜的、追星的人群尽情喧闹。他们畅快享受春天的呐喊，追逐阳光、比基尼和日夜跳动的旋律。台上疯狂的歌手对着周遭叫嚣，伴随着台下乐迷又喊又跳。对，就是这样！这才是垦丁！"

　　那儿风光明媚
　　温暖的阳光湛蓝的海水
　　三两只慵懒土狗
　　赖在马路中间睡
　　那儿风光明媚 eh～ 那儿风光明媚

　　那儿风光明媚
　　唱不完的歌嗑不完的音乐
　　啤酒香烟都不会醉
　　摇摆不停的Country Music
　　那儿风光明媚 eh～ 那儿风光明媚

既然如此你就该抛弃负累
大刺刺的享受阳光下被晒伤的滋味
月有阴晴 潮起也有潮退
你也要试着去欣赏不完美的美
那儿风光明媚 eh～ 看你怎么去追
那儿风光明媚 eh～ 看你怎么体会

这是《海角七号》片尾曲《风光明媚》，唱得多少人对垦丁心驰神往。有意思的是电影中有一段当地人对"春天呐喊"的吐槽："我们在地人有什么享受？有啦！跟着在台下吱吱乱叫，最大的福利就是捡垃圾。"

哈，如此看来，生活在别处，都是我们用幻想吹出的、看上去很美的泡泡。

避开喧嚣的人流车流，我们去了猫鼻头和鹅銮鼻灯塔。

我左看右看，也没看出那块礁石状若匍匐的猫。不过猫鼻头是台湾海峡与巴士海峡的分界点，与鹅銮鼻一起形成了台湾岛最南端的两个犄角。猫鼻头像不像猫不要紧，作为台湾岛的一个地理坐标，它存在的意义就很重要了。

我站在参差嶙峋的礁石边，眺望乌云翻滚中的海浪，它们在喘息，含着一种焦灼、狂躁或者愤怒。然而一直看一直听，你又会觉得那里面有一种抚慰人心的力量。当你在大自然面前深深感觉自我的渺小时，生命中那些不堪承受之重，都轻如尘烟了。

到达鹅銮鼻公园的时候，阴云密密地压了上来，海洋的颜色从刚才的深蓝变成了深灰，一副心事重重的样子。

鹅銮鼻灯塔的最早是清政府为避免外国船只在台湾南部触礁引发事端，于1882年始建的，炮垒式的外观与满布枪眼的围墙使它成为当时全世界独一无二的武装灯塔。1895年被摧毁。现在的灯塔是1962年重建的，白色圆柱形铁塔，高21米，塔内灯光每隔10秒钟自动闪亮一次，光力可达27.4海里，是远东最大的海上灯塔，有"东亚之光"的美称。

我们刚走到灯塔前，雨就下来了。开始时还比较温柔，滴滴答答的，之后越来越急，"嘈嘈切切错杂弹，大珠小珠落玉盘"，再往后便是肆无忌惮地哗哗如注倾泻而下。我们步入灯塔旁边的陈列室避雨。大雨中，周遭的一切都模糊了，只有这通体洁白的灯塔，依然挺立在风雨之中、大洋之上，那份沉默和坚定，让人心生感动和敬畏。

"那年属于我们台北的街

每一步都记录着我们的爱恋

回到我们熟悉 的咖啡店

寻找最初相爱的起点 "

——光良《台北下着雨的星期天》

再见台北

花落花开总关情

夜宿高雄。第二天早上搭乘7：30的高铁回到台北。

朋友看到我微信发的照片，说怎么感觉台北破破旧旧的？其实当我穿行于台北的街头巷尾，也时常有这样的疑惑。台北市不大，直走17公里，横走16公里，有人笑称随便拎出一个大陆二三线城市都比台北要时髦，更别说大了。路不阔达，桥不伟岸，建筑也很少让人仰视。在我的印象里，街巷里弄，最常见的是那种外表斑驳、低矮陈旧的楼房，被绿树掩映着，阳光明暗不定，仿佛它们是为了怀旧而存在，为了诗意而存在，时钟永远慢半拍，人们安稳、平和、缓慢、笃定，和颜悦色、彬彬有礼、不紧不慢地过自己的日子。

我又禁不住窃笑——这是想象中的错觉，还是错觉中的想象呢？其实多待几天，你就会发现台北并不缺乏任何现代都市的元素。

以娱乐和时尚闻名的西门町至今还有20多家电影院，是台湾文化演艺的中心和秀场。据说当年林青霞就是在西门町与友人逛街时被星探发掘，因而这里成为了很多年轻人心目中的"明星梦工厂"。西门町汇集了6000多家大小店铺,几乎每周末都有小型演唱会、签唱会、唱片首卖会登场,各种电影宣传、街头表演活动经常都在上演。

当我站在101大楼88层俯瞰东区的繁华夜景,流连于诚品书店彻夜通明的灯光,当我穿梭于活色生香的夜市或商场,徜徉于熙熙攘攘的广场、公园、博物馆、艺文中心的人流,当我从罗斯福大街的喧嚣拐进国立台湾大学那条长长的椰林大道……走着、看着,台北在我这个异乡人的窥视里渐渐活泛起来、丰满起来、立体起来。

那天在永康街闲逛,我发现短短不过百米的巷子里,咖啡馆、茶楼、冷饮店、饭馆、花店、艺术品点、时装店、护肤用品店……每隔几十米就能找到一个让你能舒舒服服坐下来,歇脚聊天看书发呆的地方。

台北是一个值得细细玩味的地方:它的陈旧中充溢着时尚,它的时尚中浸润着文化的醇厚,它不那么刻意,不那么用力,我在这种沉稳中嗅出一丝漫不经心的味道,却在漫不经心中捕捉到一种执着和坚守的态度。

好比一杯层次丰富、滋味复杂,需要慢慢去品味的咖啡。

台湾女作家陈念萱在《漫步台北》一书里对咖啡馆的描述,让我对台北的咖啡文化产生了好奇,她写道:"住在台北最大的好处,就是除了每条巷子里都有贩卖现煮咖啡的便利店外,讲究点的咖啡连锁店比比皆是,而各具特色的精致咖啡馆,驻扎分布在不同的小区里,总数没有千家也有数百家,随便散步一小时的距离内,我就可以找出二十家以上,让人喝得叹为观止。"

要说让我这个外乡客喝得"叹为观止"的咖啡馆，就不得不提到这一家，位于光复南路国父纪念馆附近的"相思李舍"。一家必须脱鞋进入且不许喧哗的咖啡馆，一家拥有欧式沙发和古典卧榻的咖啡馆，一家美丽的丝绒窗帘下地板一尘不染的咖啡馆，一家桌上放着台灯脚下放着脚凳的咖啡馆，一家被地球仪、佛像、圣经、玩具、各种古董各种小玩意各种瓶瓶罐罐以及百合香气充溢的咖啡馆，一家一杯咖啡敢卖500元（相当于人民币100元）到1000元台币的咖啡馆，一家乍看之下相当拥挤凌乱，坐在里面却感到十分舒适，又浪漫又奢华的咖啡馆。

老板是一个高高大大的台湾帅哥。每有客来，他喜欢跟客人聊聊天，了解你的个性和喜好之后，动手为你制作一杯"只属于你的咖啡"。很多年前，这个在叱咤风云的建筑师事务所做设计做得好好的男人，为了太太的喜好，竟然放弃大好前程，一头扎进了咖啡的世界。没想到这个猛子一扎下去，就超过了20年。

"20年，我煮过30万杯咖啡。"老板说："你问我一杯咖啡凭什么要卖500块、1000块？你看在台北这个地方，满大街都是咖啡馆，一台机器，一个键，一杯咖啡。可那是在喝咖啡吗？那是在糟蹋咖啡呢！要知道，每一粒咖啡豆都是有生命的，它吸收阳光雨露大地精华，它的美好是在采摘、晾晒、运输、烘焙、研磨、加温、控温、制作和品味的这些过程中，一点一点释放出来的，它需要被善待，才会像花一样开放而不是凋谢——我要做的就是让花开放，而且让你品尝到芬芳。"

这番话让我陡生敬意。我不懂咖啡，但我从他的话语中，看到咖啡树上那些红色的果实，开始慢慢绽放，努力绽放成一朵花的模样。

我们聊了很久，聊起台湾也聊起北京，聊到刚开始做这家店时的艰难，聊起他跟两个女儿之间的父女亲情，聊起回归单身后和太太依然是朋友……更多的，是在聊咖啡。什么才算新鲜的好的咖啡豆，如何运输和储存，烘焙的时机，研磨的粗细，不同的品种该如何控制不同的温度，否则，咖啡的精华要么白白被挥发，要么就被抑制包裹，它的美你永远不会知道。

动手为我们做咖啡之前，他没有问我平时喜欢什么口味。他说，不用问，我只要看了你的眼睛就知道你喜欢什么口味。我有点诧异："这么神？"老板不直接回答，只说："你们先坐一会儿，我这就去给你们做咖啡。"

我没有去吧台那边看他到底是怎么烘焙怎么研磨，因为我担心这是人家的商业秘密。研磨完成，老板又回到我们的桌前。随着不断转动的熟练的手势，他耐心地教我们或闻或吸，教我们尝试了解咖啡的美。原来咖啡豆的香气和女性喜欢的香水一样，有着不同的前调、中调和后调，一杯小小的咖啡里，可以蕴含这么多的层次和香味！

过一会儿，再次回到桌前的老板手上拿着咖啡器里煮好的咖啡。他举起一个小手电，先对一个装有清水的玻璃杯照过去，清水呈现出手电光的橘黄色。接着，他像魔术师一样，拿手电对着圆球状盛满咖啡的玻璃器皿照过去。哇，棕色咖啡竟然呈现出宝石般璀璨的石榴红，晶莹夺目，分外美丽。我脱口而出：太神奇了！

咖啡端上来，朋友先要让给我喝，却被服务员小哥摇手制止：不要不要，每个人的咖啡都不一样，这杯是你的，不是她的。

终于等到我的那一杯。漂亮的古典英式咖啡杯，粉粉艳艳，如一朵盛开的花。盛在里面的咖啡看起来颜色清淡，微微荡漾的香气游丝般飘浮。我深吸了一口气，闭上眼，嘴角不自觉地浮起一丝微笑。

桌上没有糖和奶。老板说了，在这里喝咖啡，不需要任何添加。他开始教我们如何去品尝一杯咖啡：趁热，轻轻啜一口，在舌尖旋转几下，停留一小会儿，慢慢咽下的同时从鼻腔里呼气，感受层层叠叠的香气在咽、鼻、口腔不同区域停留的感觉。

我慢慢啜饮一杯咖啡，看着日光在弥漫的香气里渐渐西斜下去。这一刻我觉得，咖啡很香，生活很美。

前不久刚看过热映的影片《北京遇到西雅图》，我在想，如果北京遇到台北呢？那么故事，一定会从咖啡馆讲起。可是我这篇长长的游记，也该在咖啡馆里打住了罢。

辑贰　风一样驰骋的日子

东非游记

序言

关于非洲的迷思

启程去非洲之前，我对非洲的概念和大多数人一样近乎空白。那片遥远的黑土地仿佛与生俱来带着一副沉重的枷锁，一直没能摆脱"处在野蛮的、未开化的状态中"那种暗无天日的黑暗。在欧洲学术界一度占统治地位的观点是：非洲黑人没有历史、没有哲学、没有文明，只有黑暗和停滞。

欧洲中心论的标杆学者德国哲学家黑格尔在《历史哲学》一书中，把非洲分成三部分，一是"非洲本土"，即撒哈拉以南的黑人非洲；二是"欧洲的非洲"，即非洲的北缘；三是"亚洲的非洲"，指尼罗河流域，特别是埃及。他认为非洲本土"不是一个历史的大陆，它既没有显示出变化，也没有显示出发展"，非洲黑人没有"通达哲学的能力"，因为"黑人的精神意识十分微弱，或者更确切地说根本就不存在"。他甚至断言：非洲黑人"既不能进步，也不能教育，正像我们所看到的，他们从来就是这样"。在起点不平等的前提下，西方世界对非洲长达几个世纪的资源掠夺，从黄金、象牙、矿产到奴隶贸易似乎都变得理所当然，无需遮羞布也没有愧疚感。

　　然而科学研究表明，非洲是人类文明最早的发源地之一。考古学的材料证明，在远古时代，当西方殖民主义者的故乡还处在冰川封固阶段的时候，非洲大陆已经生机勃勃。当然，那时候的尼罗河流域还是大片沼泽，撒哈拉沙漠却是河流纵横的森林草原——放到宇宙洪荒的概念中，哪有什么永远，一切都是沧海桑田。

　　随着种族歧视被打破，近代文明的曙光逐渐照亮非洲。20世纪50年代，非洲国家纷纷走上独立之路。被西方世界刻意掩埋的非洲文明开始融入现代世界。不过客观来看，非洲要摆脱蛮荒黑暗的烙印，这条道路注定是坎坷漫长的。即使是今天，对大多数人而言，贫瘠、愚昧、饥荒、艾滋、巫术、部落……这些隔着空间和时间的想象，还是为我们勾勒出一片野蛮荒凉、满目疮痍的黑土地。如同东非大裂谷被称为"地球最大的伤疤"一样，非洲仿佛生来就是光明世界里一道黑色的伤疤，让人产生很大的神秘和疏离感。

　　我对非洲也仅限于上述的想象，直到一位对非洲自然和文明充满探究欲望的画家杨彦老师，在一次北非之行后从塞拉利昂带回来一个非洲媳妇。他携新娘出现在我们的聚会上，我才近距离接触到黑皮肤的非洲人。她是一个年轻漂亮的女孩，有着明星般的小脸和俊俏的五官，腼腆羞涩的笑容，前凸后翘的身材，黑色皮肤在柔和的灯光下，如绸缎一般泛着细腻柔滑的光泽。礼节性拥抱的时候，滑腻的肤质让我联想起关于巧克力的那句广告语——"牛奶香浓，丝般感受"。我第一次知道，黑皮肤的质感和美感可以如此魅惑撩人。

　　你是否了解，世界上最重要的50种矿产都被非洲大陆尽数囊括，其中至少有17种矿产蕴藏量位居世界首位。南非是世界上最大的黄金生产国和出口国，迄今已生产4万多吨黄金，占人类历史黄金总产量的五分之二；"铜矿之国"赞比亚，铜矿蕴藏量达9亿多吨，占世界蕴藏总量的15%；面积945万平方公里的撒哈拉沙漠是一个不折不扣的能源宝库，无际的荒漠下蕴藏了大量可供开采的石油，其周围的利比亚、阿尔及利亚、突尼斯和尼日利亚等都是重要的石油出口国，其中利比亚的日均采油量高达150万桶。

你是否了解，非洲的山丘、沃野、、森林、湖泊不仅风光旖旎，更拥有水能、风能、太阳能等丰富的自然资源。非洲拥有世界第一长河尼罗河，拥有世界第二大淡水湖维多利亚湖，拥有"赤道雪峰"乞力马扎罗，拥有面积仅次于南美亚马逊的世界第二大热带雨林，拥有自然生态链保留最为完整的稀树草原。

你是否了解，2018年国际货币基金组织给出的世界各国人均GDP排名中，中国以9376.97美元位居第72名。排名超过中国的非洲国家有三个，分别是：排名53位的塞舌尔，人均GDP为16312.56美元；排名63位的赤道几内亚，人均GDP为11456.54美元；排名69位的毛里求斯，人均GDP为10105.1美元。

你是否了解，非洲式民主长期饱受诟病。非洲国家大选的激烈程度超乎想象，暴力冲突和流血事件随处可见。但是这样换来的"民主"并没有给非洲带来发展和繁荣，给人民带来更好的生活。半数以上的非洲国家在经历独立和民主选举的兴奋后，又陷入军事政变、独裁以及腐败统治的压抑和恐慌，经济和社会的发展一度停滞，有些国家甚至出现了倒退。

非洲，这片交织着苦难和遮蔽的文明，充斥着神秘和想象的黑土地，一直在难以摆脱的矛盾和困惑中寻找出路。它物产丰饶却依靠救济，实行先进的民主制度却长期得不到发展……一个个难解之谜，困窘之惑，等待更多的眼睛关注它、了解它。

曾把一生情爱系于这片土地的丹麦女作家凯伦·布里克森，在她的自传体小说《走出非洲》里满怀深情地写下这样的句子："回忆在东非高地的短暂停留，你会吃惊于竟然有在空中生活一段的感觉……在这里，你呼吸顺畅，心情平静。早上醒来之后你会想：'哦，我在这儿，这才是我应该在的地方。'"

几年前，我在东非旅游的十几天里，也常常在早上醒来的时候，望着晨曦里无际的原野，产生这样恍惚的感受。

离开贫民区，车子驶向内罗毕城区。

眼前渐渐明亮和井然起来，宽敞整洁的大街、

绿意盎然的草地、繁花似锦的花园、色彩鲜艳的广告牌……

冰火两重天的场景，转换只在片刻之间。

内罗毕

东非小巴黎，冰火二重天

临行前我做了一些功课，知道非洲有一个浪漫又好听的名字，叫"阿非利加洲"。"阿非利加"在拉丁语中意为"阳光灼热"之意。在到达内罗毕之前，我没有想到，这里的气候温和得出人意料。白天阳光灼烈，月光下却是夜凉如水，完全没有想象中的酷热和窒息感。用"夜凉如水"这个词并不夸张，"内罗毕"在马赛语中的意思就是"冰凉的水"。虽然紧邻赤道，由于海拔较高，内罗毕全年的平均气温只有17.7摄氏度，气候特征和中国西南的昆明有些类似。"来肯尼亚这么多年，我一年四季都带着这件夹克。"旅行社的朋友指着椅背上的外套对我们说。

内罗毕城市面积不大，人口约300万人，有"东非小巴黎"的美称。内罗毕是我们此次东非行的起点，以及马赛马拉到纳库鲁的中转站，来去匆匆，短暂逗留。大伙儿都是冲着野生动物来的，"东非小巴黎"并非我们关注的焦点。何况在我看来，"小巴黎"之称实在有点牵强，这种感觉从下飞机的那一刻就开始了。

从金碧辉煌的迪拜机场转机，经过五个小时的飞行，我们在下午四点左右抵达肯尼亚内罗毕国际机场。下机后登上摆渡车，几分钟后车子停下来。下车没看到航站楼，只看见一些大大小小的白色帐篷矗立在眼前。隔着不远处两米多高的铁丝网，可以看到外面车如流水马如龙。一瞬间，我有点糊涂了：这是在机场吗？

回头一看，旁边有一个铝合金的简易洗手间，写着"LADYS"。但这种旅游区常见的独立洗手间不分男女，进去把门销一插就行了。配置倒也齐全，只是洗手台上的水龙头怎么都拧不出水。此番情景让我们面面相觑，只能悻悻作罢。帐篷机场给初来乍到的我留下了深刻印象。后来知道，内罗毕机场因为不久前遭受了一场火灾，那段时间正在进行大规模维修扩建，这种情形还真不是人人都能碰到的。

帐篷区内最大的帐篷就是海关，有一百多平方米。屋子中间一溜桌椅和电脑，各种连接线随地拖着。此时人不多，显得比较空旷。我们是落地签，大家都安静地排队等待签注。签证官坐在椅子上，把护照高高举过头顶，对比护照上的照片和面前的人，嘴里一字一字蹦出来生硬的中文拼音，让我有点想笑。对于我们刚刚认真填写的那堆入境卡、申报单什么的，人家看都懒得看就扔进旁边的塑料筐里。显然，在这里中国人是受欢迎的。几分钟后，六本护照都已经啪啪盖完章，黑人官员朝我们送上灿烂的笑脸，大手一挥："WELCOME！"余音未落，我们的脚已经迈出了帐篷门。这，就算入境了。

来迎接我们的司机名叫拉奇，一个高大健壮的黑人男子，是我们肯尼亚段的司机兼导游。车子是一辆改装过的深绿色丰田越野车，顶棚可以开合，是这里最常见的狩猎旅行车型。之后的几天，无论是在马赛马拉的草原，还是在奈瓦沙的密林、纳库鲁的湖边、安博塞利的荒原，随处都能看到这样的车，和我们一样，风一般驰骋在追逐野生动物的路上。

车子往内罗毕市区驶去，恰巧遇到肯尼亚现任总统从中国访问归来，进入城区的主干道封路了。我们只好转道绕行，谁知这一绕，闯进一个贫民区，让毫无防备的我有些触目惊心。

怎么形容眼前的场景呢？混乱无序，人口众多。贫困、懈怠、麻木、挣扎的气息扑面而来。向晚时分，阳光的热力尚未褪却，我的心底却涌起几丝凉意。人车杂陈，前行速度十分缓慢。透过车窗，可以看到残破锈蚀的铁皮房、简陋逼仄的棚屋、堆积如山的垃圾、干涸脏污的河道、树杈上挂着的白色垃圾……熙攘纷乱的人流中，年轻小伙 T 恤衫短裤、趿着拖鞋、叼着香烟、吹着口哨；心事重重的中年男人不嫌热地套一身看不出颜色的西装；吸吮手指的小孩躺在两眼茫然的母亲怀里；衣衫褴褛的老人在棚屋外喃喃自语。还有一个横躺街心却无人问津的流浪汉——是睡觉？是醉酒？是犯病？还是死了？好像根本没人关心。

路旁树上栖着一些黑色的鸟。脑海里浮现出获得普利策大奖的那张新闻照片——《饥饿的苏丹》。照片中两个主角，一个被饥饿折磨得骨瘦如柴奄奄一息的小女孩，另一个同样饥饿、以食腐肉为生的黑色秃鹫，正在等待一场死亡带来一顿饱餐——那幅作品震撼人心，让全世界的目光从歌舞升平的太平盛世，转向遥远的非洲大陆上如此残酷的现实。令人扼腕的是，凭借这张照片获得1994年普利策奖两个月以后，33岁的摄影师凯文·卡特自杀身亡。随着赞誉纷至沓来的指责谩骂，尤其是漠视生命、沽名钓誉的尖锐声音，令这位摄影师承受了巨大的舆论压力和心理折磨。在现实面前，他自己和作品中那个生命之火即将燃尽的小女孩一样脆弱。最后他留下一句令人心酸不已的遗言："真的对不起大家，生活的痛苦远远超过了欢乐的程度。"

　　离开贫民区，车子驶向内罗毕城区。眼前渐渐明亮和井然起来，宽敞整洁的大街、绿意盎然的草地、繁花似锦的花园、色彩鲜艳的广告牌……冰火两重天的场景，转换只在片刻之间。素有"东非小巴黎"之称的内罗毕，不仅是肯尼亚的首府，也是东非共同体三国中最大的城市，包括联合国环境规划署、人类居住中心总部在内的国际性组织，以及不少国际商业和新闻机构的地区总部均设在此地。

　　肯雅塔国际会议中心是内罗毕的标志性建筑之一，也是当地货币百先令背面图案。广场上绿树环抱，彩旗飘飘，蓝色喷泉池里矗立一尊肯雅塔国父雕像。通往会议厅的路边，排着一溜发放资料的伞形帐篷。湛蓝的天空下，洁白的伞和艳丽的旗交相辉映。广场上有西服笔挺衬衫挺括的男士和踩着细高跟嗒嗒走过的白领美女……整洁、安宁、和谐，和刚才贫民区的场景形成了巨大反差。这种反差是肯尼亚带给我的第一印象。

　　初到非洲，对一切充满好奇的我们被反复提醒：不要随身携带太多现金，不要单独行动，不要把相机、手机之类的物品伸出窗外……因为，有可能被抢。内罗毕的治安一直颇受诟病，近年来针对中国游客的偷盗抢劫更加频繁。不仅是游客，就连长期居住在此的中国人也免不了遭遇明抢暗盗。朋友告诉我们，有一家中国公司曾在光天化日下遭遇抢劫。几个劫匪把二楼财务室的保险柜直接搬到面包车里，吹着口哨扬长而去。令人不可思议的是，搬走保险柜之前，劫匪们居然有心情把冰箱里的卤肉鸡爪啤酒拿出来大快朵颐，吃得满地狼藉！实在令人匪夷所思、啼笑皆非。我问："报案了吗？最后破案了吗？"朋友叹口气说："唉，不了了之。劫匪的车一走警察就到了。而且这起抢劫明显有银行的内线，否则那帮劫匪怎么能肯定保险柜里有现金，连柜门都没撬就直接搬走？要知道前一下午刚刚取了准备发工资的现金。不是内线怎能这么有底？不是这么有底又怎敢从容吃喝？"

毋庸讳言，经济落后、人口庞大、失业率高、管理无章……这个国家有太多难以回避的明伤暗痛。海关官员可以直接向游客伸手索要钱财，交通警察可以借开罚单的机会敲诈勒索。巨大的贫富差异加剧了治安环境的恶劣，带来社会时局的不安和动荡。几天以后，我们刚刚回国，就看到报道，在肯尼亚最繁华的购物中心发生了恐怖袭击案，导致几十人丧生、上百人受伤。

从奈瓦沙自然保护区返回内罗毕的那天中午，我们去旅行社的饭店吃饭。穿过市中心后进入安静的市郊，街道和马路上渺无人迹，一幢幢小楼门扉紧闭。车子刚开进旅行社大门，还未停稳，保安就赶紧上前掩上两扇雕花黑漆铁门，并且上了锁。大中午的，这番举动让人感觉有点奇怪，像是进入了什么军事要地。朋友告诉我们，由于治安问题，旅行社的餐厅只用于接待国内的旅行团体，平时都是这样做"关门生意"的。周边其他餐厅也是如此，一般不接待散客，前来就餐都需要提前预约。

院子中间的三层小楼是旅行社办公楼，楼下有绿荫掩映的花园。靠院墙是一溜包间，客人愿意的话，也可以坐在花园的遮阳伞下吃饭。旅行社老板是四川老乡，来肯尼亚十几年，打拼出一片自己的天地。随着东非旅游热的升温，如今事业风生水起。我们一边吃着地道的夫妻肺片、水煮鱼、回锅肉，一边用家乡话"摆龙门阵"（四川方言，聊天之意）。穿梭席间的黑人服务员动作娴熟地为大家上菜、添茶、换碟、递毛巾，显得训练有素。

　　老板告诉我们，除了管理层，餐厅所有服务员都是本地人。"别看这是一个很普通的职业，对这些孩子来说，有这样一份稳定工作是很令人羡慕的。"接下来的话题有趣了，他说："这些年轻人跟我们国内的打工族不一样，他们没有储蓄习惯，没有花钱计

划，领了薪水当天就开始挥霍，有的人甚至第二天就开始借钱吃饭。所以我们这里是发周薪的，一来避免员工懈怠，二来是对他们无计划生活的一种约束。"看我们满脸惊诧，老板继续爆料："给你们讲个真事。我这儿有个服务员，有一次来找我预支工资，说舅舅去世了要回家打理。我把工资给他了。大概觉得这个理由还挺管用，没多久这孩子又来了，还是要求预支薪水，还是一模一样的理由：舅舅去世了。唉！你信还是不信？给还是不给？"听到这儿，我们都笑起来。身边正在服务的黑人小伙儿听不懂中文，看到我们笑他也笑。我扭头问他："嗨，你有几个舅舅啊？"

每当想起那些与朝阳落日一起奔跑的日子，
我还是会不由自主地闭上眼、深呼吸，
感觉自己仍然在驰骋，像风一样。

马赛马拉

此意合苍穹，快走踏清秋

夕阳西下的时分，我站在马赛马拉广袤无际的原野上，看天边一轮浑圆鲜红的落日，勾勒出傲然孤立的合欢树，以及波澜起伏的长草……这些画面似乎从未在时间的洪流中改变分毫，我可以循着《走出非洲》的痕迹，走到凯伦和丹尼斯的世界里。他们的影子依然在这里，酒香还没散尽，篝火尚有余温，空气中飘荡着淡淡的香水与烟草混合的气息。他们在这里相遇、相思、相爱、诀别，在这里镌刻下关于生命和爱的最深印记。闭上眼，我仿佛能感受到他们纠缠的情感，在这片土地上交织、冲撞、燃烧，直至融入无边的荒原。

safari最初是斯瓦希里语的词汇，因为海明威的创作被融入英语词汇当中，译为"狩猎旅行"。可以毫不夸张地说，safari是如今到非洲旅游使用频率最高的一个词。它是东非草原最令人期待的主题。至今，东非之旅已经过去几年了，每当想起那些与朝阳落日一起奔跑的日子，我还是会不由自主地闭上眼、深呼吸，感觉自己仍然在驰骋，像风一样。

早在20世纪初，非洲safari就成为欧美贵族的一种时尚。"他们白天拿着猎枪追着野兽跑，晚上拿着香槟追着女人跑。"狩猎战绩常常是他们用以炫耀身份的象征。1909年，罗斯福曾率领一支庞大的队伍来到东非，狩猎成果竟然有1100只动物之多！包括17头狮子、11头大象和20只犀牛，这个长长的战利品名单在今天看来既不人道也不光荣，但在当时却是英雄和力量的象征。曾经创作《乞力马扎罗的雪》和《非洲的青山》，并以《老人与海》获得诺贝尔文学奖的海明威，1933年也曾和妻子一起来到肯尼亚。在长达72天的狩猎旅行中，海明威的战绩也相当斐然：3头狮子、1头水牛、27头其他动物。事后这些猎物的角、头、皮和其他战利品，大都被用来装饰他的书房。把捕杀的猎物摆成跪拜的姿势以衬托自己的硬汉形象，大概是海明威最喜欢的照片了。

当然，除了这些贵族排场、血腥猎杀、雄性炫耀外，safari还是留下了不少温情的画面。最著名的莫过于1952年，伊丽莎白公主来肯尼亚狩猎旅游，下榻树顶旅馆。当晚，公主接到了父王驾崩的消息和由她继位的诏书，悲喜交集。"上树公主，下树女王"的佳话至今仍被人津津乐道，广为传颂。

今天的safari和当年罗斯福、海明威们的safari全然不同了。它摒弃了野蛮和血腥，崇尚人与自然的和睦共处。在野生动物自然保护区内，游客们坐在经过改装的敞篷越野车或面包车里，利用无线设备和经验跟踪野生动物的足迹，观赏热带草原原始自然的生活和风光。从车窗里伸出来的"长枪短炮"对野生动物不构成任何威胁，相反，如果你有过分之举，受到威胁的就是你自己。为了保护自然生态，大部分保护区都有严格的规定，比如车辆不许另辟新路、不许摁喇叭、不许惊扰动物，游客不许随意喂食……。

进入马赛马拉草原之前，首先点亮眼睛的，是闻名世界的"东非大裂谷"（East African Great Rift Valley）——这道地球上最长、最美的"伤疤"。

【抚摸地球的伤疤】

驶离内罗毕市区不多会儿，沿山道向上爬行了一段山路，车子停下来。眼前的崖壁突然被切了一刀似的陡然下沉，崖壁之下是一马平川郁郁苍苍的谷地。站在这个貌似"大盆"的盆口边缘，我才知道东非大裂谷名不副实。它根本不是想象中"狭长黑暗"的沟壑，没有深不见底的荒凉，而是一派平坦开阔，生机盎然。也是，它的最宽处竟然达到200公里，哪里会有"峡谷"的感觉呢？

但是，它被称作裂谷也并非空穴来风。东非大裂谷是地球上最大的断层陷落带。从地图上看，这条以马拉维湖北部为中心、比例严重失衡的三岔口裂痕实在很显眼——向北穿过东非高原入红海进死海，向西沿东非诸国与刚果（金）直插苏丹，向南经马拉维到莫桑比克赞比西河口入海，总长超过8000公里。大裂谷周边遍布火山和伴生湖，肥沃的火山灰以及蜿蜒的河流滋养了这片谷地，使它成为野生动植物繁衍生息的天堂。

肯尼亚境内大裂谷的轮廓非常清晰。它纵贯南北，将这个国家劈为两半，恰好与横穿全国的赤道交叉成一个十字，肯尼亚因此获得了"东非十字架"的雅号。裂谷两侧的山峦犹如高耸的两垛墙，内罗毕坐落在裂谷南端的东"墙"上方。有人用三个"8"来概括东非大裂谷肯尼亚段十分形象，即800公里长，80公里宽，800米深。

有这几个数字，你大概就可以在脑海里勾勒出它的概貌了。

　　值得一提的是，1975年，在坦桑尼亚与肯尼亚交界的裂谷地带，考古学家发现了距今350万年的"能人"遗骨，并在硬化的火山灰烬层发现了一段延续22米的"能人"足印。这说明早在350万年以前，大裂谷地区就已经出现了能够直立行走的人，属于人类最早的成员。这一系列考古发现打破了非洲"没有变化，没有发展"的成见，证明了这片土地曾经是人类最早的文明摇篮。

【不期而遇的花豹】

　　当灼热的阳光显出一丝疲乏，天边开始有浓云翻卷。一早一晚，正是马赛马拉草原最精彩的时分。司机拉奇已经打开越野车的顶棚，我们的safari之旅正式开始了。

　　驶出酒店大门，窄窄的土路两旁是矮树林和草地，已经开始有动物出现了。每当看到可爱的瞪羚、漂亮的斑马，我们都惊呼着要求停车。拉奇显然对这种大惊小怪习以为常了，完全无视："哈库娜玛塔塔！"他用《狮子王》中这句著名的口头禅安抚我们，开心地唱起《Hakuna Matata》的当地歌曲。

　　哈库娜玛塔塔，这句斯瓦西里语到底是什么意思？"有人提问。

　　"哈，"拉奇快活的声音回荡在小小的车厢："Means, don't worry（放轻松）！"

　　车子继续前行，进入马赛马拉草原的腹地。一望无际的原野向我们敞开宽阔的怀抱，越野车穿行在翻腾起伏的草丛中，如同草尖上一只轻盈的绿色甲壳虫。

　　草原上的safari全凭司机敏锐的眼睛和个人经验来深入，通过辨别动物的脚印、粪便、气味、习性来搜寻猛兽踪迹。每台车上都配有无线装置，司机们可以互通信息，共享有无，这也大大提高了成功几率。一路上，车里的无线电一直在叽哩哇啦地响。突然，拉奇踩了一脚刹车，拐个大弯，加速飞奔。几分钟后，只见一长溜车鱼贯停在路边，游客们站在车里，举着望远镜和照相机朝一个方向张望。拉奇指着百米开外的一处小山丘，对我们说："Leopard（花豹）。"

　　沿着他指的方向看去，一头浑身布满花斑的豹子趴在小树旁。它好像有点无聊，时而低头休息，时而转转脖子，对这些莫名其妙围在周边的铁疙瘩毫不在意，一副懒洋洋不想理睬的样子。刚到马赛马拉就看到花豹，大家都很兴奋。同行的大哥是个狂热的动物迷，懂得很多动物知识，从看到花豹的第一眼起，他就低声咕哝：哇，我们运气太好了！花豹一般夜里才出来，白天看到实在难得！

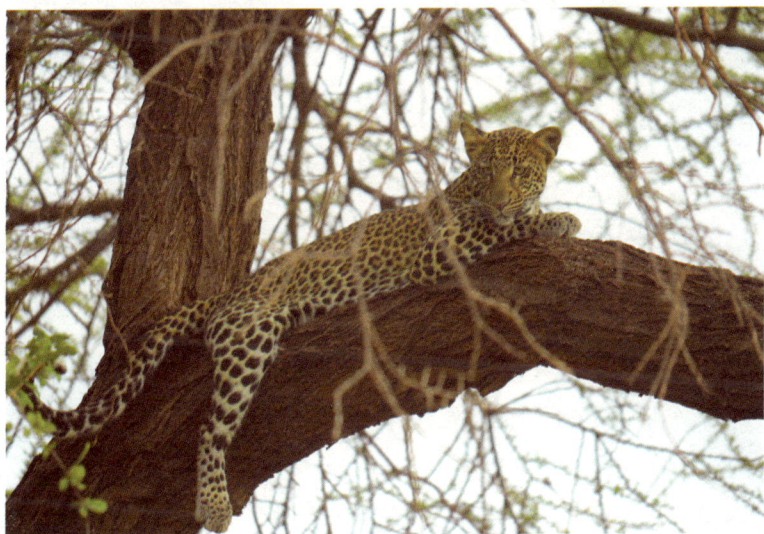

　　过来的车辆越来越多。为了离花豹更近一些，几乎所有车都往我们这个方向汇聚。这时候你就不得不佩服我们的司机拉奇。他像突然得到了某种提示，在大家不明所以的时候，突然掉了一个头，反其道而行之，与正往这边开来的车相向而行。片刻，我们的车在路中间停下了——刚刚还卧在那边的花豹，不知何时已经离开小土丘，径直朝我们走来。傻傻的我"啊"字还没出口就被拉奇制止下去，张着嘴呆在那儿。全车人都站起来，通过敞开的车顶观看这个场景。没人知道花豹要干什么？要往哪里去？车子纷纷熄了火，四周寂然无声。我屏住呼吸，耳边只闻旷野飒飒的风声。花豹越走越近，它竖着长长的尾巴，目不斜视，步履从容，旁若无人地穿过土路，从我们的车头前面走过去，然后消失在苍茫暮色中。

　　这时候大家才长长地喘了一口气，车厢里充满加了惊叹、欢呼和赞誉。面对"你怎么知道它会往这边来的"疑问，拉奇耸耸肩，一脸认真地回答："我会卜卦。"随即哈哈大笑，摆出一副你爱信不信的表情。

【草原日落】

　　还没从遇到花豹的兴奋中平息下来，一只长颈鹿闯进视野。赤金色的晚霞为天边的云镶了无数金边，稀树草原的树丛和草地像打了柔光一样美丽动人。就在此时，不远处的一片矮树林之上，露出一只长颈鹿小小的脑袋，然后是长长的脖子，最后是高大的身体。这情景像极了一幅剪纸——伞状的合欢树，夕阳中的长颈鹿，这是最典型的非洲图画。不同的是，这一次，我身在其中。

　　马赛马拉属于热带草原，旱季和雨季非常分明。由于终年气温较

高，降雨集中在4～6个月，其他月份几乎滴雨不落。火山灰滋养出丰美的草地，树木分布稀疏，通常称为"稀树草原"。金合欢树是稀树草原最常见的树种，也是稀树草原最具标志性的特征。金合欢树总是孤零零地站在那里，孤傲、沉默，脚下长草如歌，日夜起伏。

　　一轮彤红的落日跳出来，又大又圆，色彩饱满浓烈，像积蓄了好久的深情急于向谁倾诉，却找不到对象似的。有些焦灼，有些期待，有些惆怅，有些不甘。落日由小而大，由缺而圆，由模糊而清晰，在云端变幻——先是小圆，再是半圆，再是大半圆，最后整个浑圆完整地跃出云层，像个大火球在草原的尽头熊熊燃烧。整个天空和草原都在为它喝彩，这一刻，谁也不能无视它光辉灿烂的华彩。慢慢地，它走了，带走白日的沸腾，带来黄昏的静谧。可是这巨大的舞台从来都不寂寥，落日之后，草原暗下来，月亮和星辰依稀浮现。

　　没人说话。天地有大美，需要我们用宁静的心去品味。

【猎豹三兄弟】

　　在马赛马拉草原上驰骋，那种原始的野性的气息是如此生动鲜明。于我而言，这是一场"追逐狂野，慢享奢华"的游戏。虽然不能像海明威那样猎杀几头狮子，不能像凯伦那样体验一场唯美的爱情，但是safari的魅力丝毫不减。荒野中的旅行藏着无限的可能，下一秒，也许就有未知和惊喜等待着你。

　　马赛马拉的第二天，从清晨到日暮，我们坐在甲壳虫般的越野车里，纵情驰骋，自在徜徉。这片苍凉无垠的草原有着怎样的魔力啊，让走进它的人总能一见钟情，再见缠绵，难舍难离，产生酒醉般的迷恋？

　　微凉的空气，静静流淌在清晨的原野。从酒店出发的几十辆车，一旦散落在广阔的草原上，立马就好像人间蒸发了。刚刚醒来的旷野还没完全卸掉慵懒和懵懂，山坡上、树丛里已经牛羊成群。身披大红格子披风，手里拿着细长木棍的马赛人，看到车子经过，总是高高举起他们的手臂使劲朝你摇晃。活泼的孩子高高蹦起，跳着脚向你问好。我们也用刚刚学会的斯瓦西里语朝他们大喊："江波（你好）！"

　　苍黄青绿的草在风中不住地摇摆。跟随长草起舞的，还有草原大家族成员的身影：调皮的猴子出现了，美丽的鸟儿出现了，灵巧的瞪羚出现了，漂亮的斑马出现了，大片大片的黑色角马出现了，好多叫不出名字的蹦蹦跳跳的小生灵出现了……非洲大草原沸腾的一天开始了。

我们不再像昨天那样，每看到一种动物都欢呼雀跃，我们的眼睛和心灵开始逐渐适应这个巨大动物园里层出不穷的画面。要知道，在这里，人才是少数，是异类，我们像是裹在铁皮里面被动物们瞻仰的对象——前提是如果它对你感兴趣。据我看来，相比嫩草、树叶、水塘、猎物或嬉戏，草原动物们觉得四个轮子的怪物和两条腿的生物实在乏善可陈，勾不起它们的兴趣。

银练般的河流旁流动着庞大的角马队伍，其中夹杂着许多羚羊和斑马。密密麻麻的小黑点没有止境地绵延，直到看不见的地平线。这样的场景着实考验我的想象力。置身其间，你才能领略"百万"的含义。拉奇告诉我们，角马在迁徙，角马的一生就是迁徙的一生。虽然我们无法读懂它们的语言，无法确定他们的行踪，但是按照经验来看，这种时候，经常都有渡河的好戏上演。

车载无线电叽里咕噜一阵乱响，拉奇突然开始转弯加油，我们知道：一定是发现大家伙了！

没错，这回是猎豹！而且三只！

它们分散卧在离角马群几十米的草丛里，等待狩猎时机。近处的角马已经停止吃草，一边警惕地注视着周边，一边有些躁动起来。十分钟过去了，猎豹没有动。也许它们并不很饿？又或许，它们只是想表现得漫不经心而已。角马大部队仍然按部就班地往前移动。但是，空气仿佛越来越凝重了，清晨的风吹拂着酣战前的原野，带来几分萧杀的凉意。突然，就在瞬间，右边那只猎豹闪电般一跃而起，像一支利箭射向角马——电影中的场面就在眼前真真切切地上演了。

猎豹应该是早已锁定目标，那是一只跟在妈妈身边体型尚小的角马。这一跃，突然间风云变幻，安宁的草原瞬间成了战场，双方拼的是智慧、勇气、速度和耐力。擅长奔跑的角马立刻扬蹄狂奔。黄沙腾腾而起，弥漫在眼前，就像电影里的特技拼命渲染着紧张气氛。为了看得更加真切，我用望远镜紧紧跟随，但猎豹的速度实在太快，我几乎无法锁定它的身影。从这个角度望去，无数角马都被猎豹甩在身后，它始终朝着既定目标飞奔。终于，猎豹将那只小角马扑倒了！但是，就在千钧一发之际，勇敢的角马妈妈对着猎豹直冲过去，用它的坚硬的犄角阻拦了猎豹的下一步进攻，为小角马争取了宝贵的一两秒逃生时间。在眼花缭乱和一片惊呼中，那只小角马已经敏捷地从地上翻身跃起，跟随妈妈成功脱逃了！猎豹无奈地停了下来，眼睁睁看着几乎到手的猎物狂奔而去。

这次失败的捕猎过程不到一分钟，却让我看得惊心动魄目瞪口呆。猎豹是当之无愧的短跑王，一只成年猎豹从启动到100公里的奔跑时速大概只需要4秒钟，这让很多擅长奔跑的动物望尘莫及。但是造物主又是公平的，它赐予猎豹无以伦比的速度，却没有赐予它足够的耐力。猎豹全力奔跑的距离一般不会超过300米，就会因身体过热而停下来。因此如果不能在短距离内成功捕猎，它就只能放弃。

而其貌不扬的角马，其实是草原上的长跑健将。一生不停的长途迁徙练就了它们超强的耐力，而且让它们懂得扬长避短，利用团队优势来抵御对手的攻击。遇到猎豹这样的短跑健将，它们的拿手好戏便是迂回，也就是不断变换奔跑的方向，以消耗对方的速度和体力。因此，狮子猎豹一般都是埋伏在长草中实施偷袭。它们知道，一旦被角马发现，捕猎的成功率就大大降低了。因此它们惯常利用长草作掩护，尽可能接近猎物而不被发觉。出其不意方能决胜千里，这样的道理，狮子猎豹们没学过《孙子兵法》也能运用自如。

看似宁静的草原危机四伏，弱肉强食，斗智斗勇的大戏时刻都在上演。在这里，生命就是一场永恒的追逐，生存就是一场至死方休的游戏。

这次失败的出击之后，三只猎豹汇合在一起，它们来到草原中间一片低矮的树丛里卧下，等待下一个机会。也许，是需要它们协同作战的时候了。此时，我们的车距猎豹藏身的树丛很近，我可以清楚地看到猎豹身上美丽的花纹，锐利的眼神，和随着呼吸起伏的身体线条。

"动物迷"大哥肯定地告诉我这是猎豹三兄弟。它们都还比较

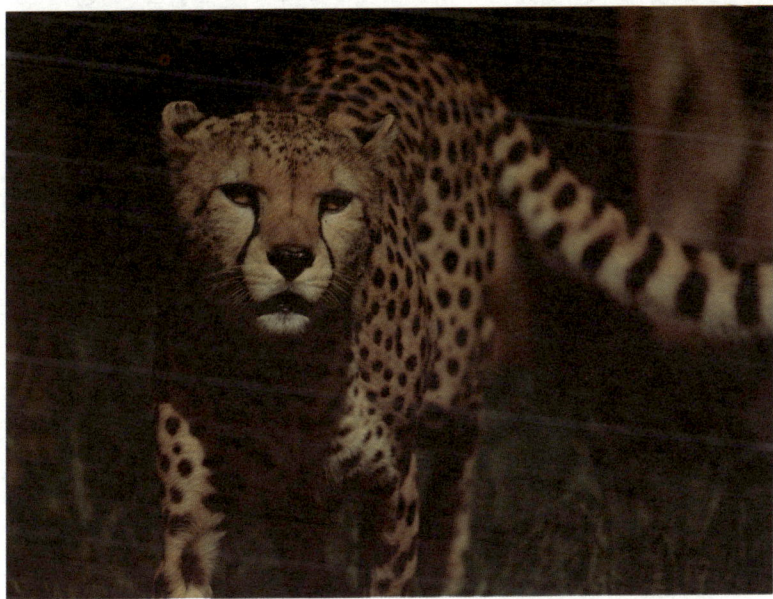

年轻，头小小的，体型修长，四肢健壮。联想到昨晚看到的花豹，我正纳闷如何区分这些长相相似的大猫，"动物迷"大哥就开始主动科普了："看，猎豹面部从眼角到嘴角有一道长长的黑色泪斑，花豹没有。还有，花豹的头比猎豹大，犬齿更长，可以一招毙命。它的爪和大部分猫科动物一样，可以完全缩回脚掌内，喜欢昼伏夜出。猎豹一般在白天出没，它的爪不能完全缩回脚掌内，在奔跑中起到鞋钉的作用，速度更快。但猎豹的头和犬齿偏小，所以一般靠咬住猎物咽喉让它窒息，而非一招毙命。"

　　听得我连连点头佩服不已。近距离观看了在树丛中休憩的猎豹三兄弟，拉奇很快就把车开回路上。他用不无担忧的语气说，如果周围这些车一直不走，猎豹可能始终无法成功捕猎。这一路，拉奇不断告诫我们，这里是动物的家，我们只是路过，因此不要大声说话，不要打乱主人的轨迹，惊扰主人的生活。每遇有动物穿行，他都会停下车等待，就连遇到路中间啄食的小鸟也一样。有一次透过树丛，远远看见一只孤零零卧在那里的河马。拉奇停车仔细瞭望了很久。他说河马一般不会出现在这里，如果是受伤或生病需要救助，他要立刻打电话给公园管理处。直到最后确定这是一只已经死去的河马，他才离开。这些小小的细节，让我感动于这片土地上的人对动物发自内心的爱护，对大自然中所有生命的尊重和敬畏。

【马拉河边】

　　我们来到马拉河边。

　　天空湛蓝，河的两岸绿意连绵。但马拉河的水却是混沌的、粗犷的，就算在风平浪静波澜不惊的时候，也掩不住骨子里那股沧桑悲凉的味道。也许每年反复上演的"天国之渡"过于狂野和惨烈，见过太多的拼死挣扎，见过太多的惨烈牺牲，东非大地上这条"生命之河"永远不会如涓涓溪流般清澈娇柔，它用无尽的沉默或者狂放的激越来表达对生命的礼赞。

马拉河发源于东非裂谷多雨的山区，纵横交错的支流滋润着这片广袤的土地，也是东非草原野生动物的生命线。即使最干旱的季节，它也从不断流。4～6月雨季时，河水陡然上涨，到了8～9月百万角马渡河时，暴涨的激流如同狂放不羁的交响。河里鳄鱼的凶猛狙击、岸上猛兽的虎视眈眈，前仆后继的角马尸横遍布血流成河——年年都在上演的这一幕，被称为"马拉河之渡"或"天国之渡"。

迪斯尼动画片《狮子王》里面，通过小辛巴的眼睛，再现了百万角马迁徙渡河的震撼场面。这绝对是一场充满危险和艰辛，被死亡阴影重重笼罩却又张扬蓬勃生命的战斗。每年7月开始，马拉河北面的马赛马拉诱人的青草芬芳，让居住在南面塞伦盖蒂草原的数以百万的牛羚（角马）饥渴难耐，它们开始向北迁徙。随着大迁徙最后屏障马拉河的临近，鲜美的芳草就在眼前。角马们无惧河里凶猛的尼罗鳄、岸上虎视眈眈的狮子猎豹，只有一个无法动摇的信念：一往无前，进入新天地。千百年来，马拉河见证了东非草原上一场又一场的"天国之渡"。角马们争先恐后跳下河，相互践踏着爬上岸，嘶鸣拼杀撼动天地，血流成河。在这场生死大战中，角马以铺天盖地的勇气和巨大的牺牲演绎了一场蔚为壮观的生命入场式。那种雄浑与悲壮，充分而完整地呈现出动物世界里"物竞天择"的自然法则。

　　而当雨季过去，马赛马拉旱季来临，逐草而居的角马又会跨河重回它们的出生地塞伦盖蒂。在长达3000公里的长途迁徙中，大部分角马因饥饿、干渴、体力不支或天敌猎食倒下，只有30%的角马回到它们的起点。可是在下一个雨季来临前，又有40万只新生的角马诞生了。生命轮回在马拉河边循环往复，岁月经年。

　　此刻，我们面前的马拉河是沉默而平静的。河水不算湍急，却让人感觉有些深不可测。水面上浮着河马憨憨方方的脑袋，与它们肥硕笨拙身躯极不相称的小圆耳朵透出一丝灵动。旁边，巨大丑陋的尼罗鳄一动不动趴在那里。河岸上，仍有大群的角马在慢慢汇聚。

　　我们开始兴奋和祈祷，希望能看到角马渡河的场面。可惜，刚刚点燃的兴奋很快就熄灭了。随着角马的汇集，越来越多的越野车和面包车也开始汇聚，抢占位置，等待观赏大戏。按照拉奇的经验，这么多车辆停在这里，很可能会让角马取消或者改变渡河计划。于是我们果断决定放弃，调转车头，追踪别的动物去了。事实证明这是一个明智的决定，不久后我们发现，角马群放弃在这里渡河，掉头而去了。

【草原午餐】

　　中午时分，行至平坦开阔的谷地，我们在一颗歪脖子合欢树下铺起毡子，把从酒店带来的餐盒打开，围坐在一起吃简单的午餐。餐盒里有面包、鸡腿、水果和饮料。经过一上午紧张的safari，此刻的午餐分外轻松惬意。早上稍显阴沉的天色，此刻已经散去阴霾，明晃晃的艳阳当空，身上有热辣辣的感觉了。天空是明澈的蓝，白云像洗过一样，合欢树撑开一方荫凉分外珍贵。我们各自寻一片树萌，或坐或卧，或仰或躺，一边吃喝，一边数着游移的云朵，把身心交付给这片恬静的荒原。

　　角马在不远处吃草，活泼的小瞪羚将两只前脚搭在矮矮的灌木枝上啃着嫩叶，那姿态真是又萌又可爱。几只咖啡色斑马混在角马群里追逐嬉戏。拉奇告诉我，咖啡色斑马通常是年轻的雌性，成年雄性斑马才是黑白分明的——不知道这个说法有没有经过科学考证。

　　斑马是我在童年画册上第一个爱上的动物，它们有着健硕干净的外表，浑身上下布满艺术条纹，连细细的尾巴也不例外。斑马被称为"最性感"的动物，不仅在于它是一丝不苟的"条纹控"和"黑白控"，更重要的是它们有着相当圆润的臀部。它的英文名字"Z-Bra"，即最大尺码的意思。如此醒目的条纹虽然让它们比较容易暴露在天敌面前，但这种条纹在奔跑时也会扰乱对方视线，从而不太容易锁定目标——你看，造物主永远是公平的。

　　在马赛马拉，看到角马的地方总会伴随斑马和羚羊。从观赏的角度来看，角马以绝对多数变成了群众演员，而混迹其中的斑马和瞪羚倒被衬托成了明星。我有时候会想，斑马、瞪羚这些拥有可爱外表的动物，是不是故意选择与其貌不扬的角马为伴，以凸显自己的玉树临风和卓尔不群呢？抛开这种"小人之心"不谈，实际上，斑马和羚羊深谙在危机四伏的草原上的生存之道，它们需要依靠角马的群体优势，来降低自己的危险系数。同时，对于美食的共同爱好和偏好，也奠定了这几种食草动物和平相处的根基——角马、斑马和羚羊的食物是同一种草，但你一定想不到，角马只吃刚刚冒出芽的嫩草，斑马啃食稍长一些的草，而瞪羚最喜欢吃的，是与它们的外表极不相称的最老的草。动物世界真是充满奇妙。

　　吃完午餐，拉奇收拾好所有垃圾，仔细到不会落下一个饮料盒、一张小纸屑。我们准备再度出发，继续狩猎之旅。就在这时，眼尖的同伴突然叫了起来："快看，长颈鹿来了！"

　　果然，一只十分高大的长颈鹿正慢慢踱过来。这是一只褐色的马赛长颈鹿，又称乞力马扎罗长颈鹿，身上的花斑有点像葡萄叶，边缘呈锯齿状，底色是深巧克力色。巨长的脖子，巨长的腿，毛色干净，浑身遍布不规则的褐色花斑。一对尖尖的白色小耳朵，一双毛茸茸的小角，一张小小的脸配上一对圆鼓鼓炯炯有神的大眼睛，十分夺人眼球。仔细观察，长颈鹿走路的姿态也很有意思，同一侧的前后肢一起向前挪动，另一侧的前后肢支撑身体，就是我们常常笑话的滑稽笨拙的"一顺儿"。这种姿势虽然奇怪，但它走得相当平稳，一点也没有不协调和不平衡的感觉，甚至还走出了几分高贵和优雅。

　　不过，如此夸张的身高和脖子，也给长颈鹿带来了很多不便：比如喝水，它们先要算好距离，把两条前腿大大地分开，像横劈叉一样，然后弓起脖子把头伸进水里——喝口水都这么辛苦，难怪长颈鹿不常喝水。和骆驼一样，它们身体的储水功能非常强大。再比如睡觉，据说长颈鹿基本都是站着睡觉的，因为如果趴下，它们庞大的身躯光站起来就需要一分钟，太不利于逃生了。我在网上见过小长颈鹿的睡觉姿势，真是又萌又有趣。它把两条前腿和一条后腿弯曲在肚子下，另一条后腿伸展在一边，长长的脖子呈弓形弯向后面，带茸角的脑袋送到伸展着的那条后腿旁，下颌贴着小腿——这种睡姿既优美又科学，可在危险逼近的时候一跃而起，逃之天天。

　　非洲长颈鹿的身高通常超过5米，有的甚至超过6米，体重在800～1800公斤之间。由于体型庞大，长颈鹿几乎没有天敌。偶尔，会有幼小的长颈鹿成为饥饿狮子的口中餐。当长颈鹿无路可逃时，它铁锤似的巨蹄也可以将狮子的头骨踢烂。

　　长颈鹿给人的感觉总是泰然自若，气定神闲。因此在东非草原上，长颈鹿是摄影师们极为青睐的一种动物。夕阳下或者晨曦中，它们高大的身体被勾勒成美丽的剪影，伴随着伞形的金合欢树，凝注在遥远地平线上的那一刻，它的美丽高贵无以伦比。

【辛巴出场】

　　驰骋在漫无边际的草原上，我实在很佩服safari的司机，辽阔无际的草原，很多地方连路都没有，更别说路标了，他们到底是怎么分辨道路寻找方向的？每当对讲机里指示哪里有动物出没，他们很快就可以准确地将车子开到那里。对我这种在大城市都分不清东西南北的路盲来说，这种本事堪比高科技。

　　从早上出发起，我就一直念叨：lion，lion……到了非洲大草原，如果看不到百兽之王，该是多么遗憾！拉奇胸有成竹地拍胸口："放心，你们会看到所有大家伙的！一会儿我就招呼它们过来：什么狮子啦、大象啦、长颈鹿啦、犀牛啦……"

　　车子离开马拉河，七弯八拐之后，我们渴慕已久的"非洲大猫"终于出场了！发现狮子的第一眼，我惊叫："停车！停车！"拉奇举手示意我不要出声。他早就看见狮子了，而且不止一只，一公一母两只狮子相隔不远，趴在树丛里乘凉。拉奇把车开到安全位置停下，熄了火，我们从座位上站起来，手机相机长焦数码全部披挂上阵，咔嚓咔嚓的快门声此起彼伏。

　　雨季刚过，马赛马拉草原上留下了很多雨水的痕迹，不远处就有个小水塘，在阳光下荡漾着幽幽的水光。水塘附近这片长满青草的土坡上灌木丛生，掩饰性很强。有水源的地方一定青草茂盛，成群的角马散落在附近吃草。这时候我们需要摇动镜头，转换场景，定焦在这片有些幽暗的树丛里，让草原王者——这只体型健硕伟岸，也许即将成为狮子王的非洲雄狮占据整个画面。

　　我难以按捺夹杂一丝恐惧的激动和兴奋。这和小时候在动物园看狮子的感觉有点相似。那时候我会使劲拍着铁栅栏发出响声以引起狮子注意，一旦它起身，哪怕只是抖抖身上的毛，胆小的我也会尖叫着扑到父母怀里。此刻，同样的万兽之王，同样的距离，同样的视角，只是这一次，狮子前面没有那道坚固的铁栅栏，反过来，我们把自己装进了铁皮里——不知道在动物的眼里，人类是不是很滑稽？

这是一只尚未完全成年的年轻雄狮，它的体型已经很庞大，身躯健硕，淡黄的毛色均匀发亮，有淡淡的斑纹，脖子上一圈尚未丰满的金色鬃毛，延伸到肩部和背部，浑身上下透着青春健康、威风凛凛的气息。这只"辛巴"五官端正，英俊潇洒，只是因为脖子上那圈骄傲的鬃毛还没长全，因此略显青涩，少了一点不可一世的王者风范。不过，也许用不了多久，它就会像辛巴那样，成为统领这个世界的万兽之王。草原上每天都有奇迹发生，谁知道呢？

狮子是群居动物，一个狮群通常由1～6只雄狮，4～12只母狮和它们的孩子组成。狮群的大小取决于栖息地的生态状况和猎物数量。在狮群中，雄狮不捕猎，它们的职责基本就是耍帅、扮酷、抢地盘、播种和吃饭。当然这也不能完全怪它们的大男子主义，要知道想在开阔的草原上，把那么夸张的鬃毛和硕大的头颅隐藏起来，真不是一件容易的事。但是雄狮作为百兽之王，它们一旦发起飙来真是可以撼天动地的，而且它们的领地意识凛然不可冒犯。除了和草原上的流浪狮拼抢统治权打得头破血流之外，最令人不可思议的是，在争夺到王位之后，它们还会追杀前任的孩子，并且逼迫原来狮群中的母狮和它婚配——这一幕，在《狮子王》中是有描述的，如今才知道是有事实根据的啊。

正午时分，骄阳灼人。在这两只狮子身后不过百米远的草地上，有大片角马在埋头吃草。此刻显然不是狮子的捕猎时间，那么这只"辛巴"和那只母狮待在这儿做什么呢？是不是刚才秘密约会谈情说爱来着？还是吵架拌嘴正在生气呢？"辛巴"不时转头看看四周，它看到了我们的车，冷峻的眼神直视一会儿这个"怪物"，然后毫无兴趣地把头偏到一边打了个哈欠。过了一会儿，它站起来了！甩甩头，健硕的身躯越发威风凛凛，金色的鬃毛风流倜傥！这一站，立刻把大家的兴奋和期待点燃了——它是不是准备对山坡下面的角马发动出击了？是不是有一场捕猎大戏要上演了？旁边的母狮子会加入战斗吗？一连串的问号跳出来，我的神经一下子绷紧了！我屏住呼吸，兴奋地等着千钧一发的时刻。

　　只见"辛巴"沉思片刻，巡视般来回走了几步，然后背对我们，居然，居然——懒洋洋地再次趴下了。原来人家只是想活动活动身体，换个荫凉处休息而已！我想起在哪儿看到的一句话："高手过招，从来不会按常理出牌。"是啊，我们怎能期望万兽之王按照我们的意愿做媚俗的演出呢？

【空中精灵】

来到马赛马拉草原，感觉真是徜徉在一个巨大的动物园，地上跑的、天上飞的、水里游的……近距离接触这么多美丽或丑陋、强壮或轻巧、聪明或愚钝、可爱或调皮的生灵，让你觉得大自然原本就是如此自由、美好、多姿多彩。当然，时不时呈现在眼前的一具具动物残骸也在提醒你，这是一个弱肉强食、优胜劣汰、适者生存、物竞天择的世界。

因为一幅获得普利策奖的作品，全世界认识了一位天才而脆弱的摄影记者凯文·卡特。也因为那幅作品，我们认识了一种长相丑陋、喜食腐尸的猛禽。这幅作品叫做《饥饿的苏丹》。作品发表之后，人们在心灵受到强烈震撼之余，纷纷谴责摄影师面对这幅画面时，不是第一时间救助濒临死亡的女孩，而是冷静地按动相机的快门。年轻作者不堪舆论压力，在作品获奖的几个月后自杀身亡。令人深思的是，凯文·卡特在自杀的那一刻，自己也成了那个再也没有力气爬向救助站的小女孩，而这个社会，成了那只冷酷而可怕的大鸟。

在中国西藏，人们把这种大鸟当做神灵一样敬仰崇拜。死去的人如果能够得以"天葬"，肉身被这种大鸟吃得干干净净，将是人生旅程的最高礼遇，人们相信死者终于摆脱了一切束缚升入天堂。藏族人信奉肉体彻底的寂灭是灵魂自由的铺垫。这个既被人憎恨又被人崇拜，既象征死亡又象征永生的大鸟，便是秃鹫。

我看到一只脖子呈现出粉红色的秃鹫，站在一具刚刚被蚕食过的角马尸骨上，清理残存的骨肉，享受它的美餐。秃鹫在啄食动物尸体的时候，面部和脖子会变成粉红色以警告其他食腐动物不要靠前，平静以后这种红色会很快消退。秃鹫生就一副不讨喜的外表，由于食尸的需要，它的头部和脖子都是光秃秃的，带钩的嘴相当坚硬，可以啄破和撕开动物尸体的毛皮，拖出内脏。秃鹫裸露的头颈方便伸进尸体内部，脖子基部长了一圈较短的羽毛，起到类似餐巾的作用，防止食尸时弄脏身上的羽毛。

秃鹫一般独来独往。凶悍的外表，阴翳的眼神，铁钳般的嘴，总在催促或者等待死亡降临——就像死神遣来的使者，与世界为敌。因为天生不受待见，它们便带着冷酷的心离这个世界更远。秃鹫的死亡像一道难解的谜。藏族人说从来没有看见过秃鹫的尸体，越发给秃鹫蒙上了一层神秘色彩。他们说秃鹫意识到自己死亡来临时，会借着向上的气流往高处翱翔，直到太阳和大气把它的躯体消融殆尽。这一现象符合佛家的生死观，这也是藏族人选择秃鹫天葬的原因。

好在，马赛马拉的鸟儿不都像秃鹫这样阴翳冷漠，我眼里更多的画面是充满轻松和欢乐的。比如此时，一只漂亮的雄鸵鸟正围绕一只灰色雌鸵鸟跳舞。

我猜是在求爱。据说雄鸵鸟发情时脖子和腿会变红，这只鸵鸟符合这一特征。它一直围着雌鸵鸟不停转圈，一边转一边忽扇那双好看而不中用的美丽翅膀。要知道鸵鸟其实空长了一副鸟的外表，那双翅膀根本就是装饰。它们不会飞只会跑，并且是名副其实的长跑健将呢！遇到危险的时候，鸵鸟撒丫子狂奔，奔跑的时速能够达到不可思议的每小时70公里。

在雄鸵鸟的攻势下，雌鸵鸟开始扑扇翅膀回应起来。这时候你看，两只鸟儿你上我下、你来我去、你舞我蹈、你欢我爱的表演，实在令人忍俊不禁。我不懂它们的语言，如果翻译出来一定是一篇动人的情书吧？不过雄鸵鸟显然高兴得太早，不知为什么，也许是不小心说错话，雌鸵鸟突然不高兴了。这位帅哥使尽浑身解数，最终还是没能赢得鸵鸟小姐的欢心，雌鸵鸟转身走了。雄鸵鸟显然很不甘心，经过我们的车子时，还在心有戚戚地回头张望。望着雄鸵鸟灰溜溜的身影，我在心里为它叹息：哥们儿，笑到最后才算赢，你该学点我们人类古老的谚语啊！

　　一只黑白相间的大鸟迈着大步，跟着我们的车并排走，一副趾高气扬的样子。拉奇说它叫散步鹰（walkego）。据说这种大鸟很厉害，会吃蛇。同伴查了资料，告诉我们说：它还有一个别名叫"秘书鸟"，你们看它头顶那几根黑色的羽毛，是不是很像中世纪人们使用的羽毛笔？嗯，大家频频点头：还真像！这种鸟上白下黑，嘴似鹰，腿似鹭，尾部拖着两条长长的尾羽，走路大步流星，神采飞扬。最喜感的是它那两条粗壮的大腿是黑色的，与纤细的肉色小腿极不协调，被同伴戏称"穿了一条打底裤"。不说还罢，这么一提示，再转头看看那只穿着打底裤、趾高气扬迈着大步的秘书鸟，我们全都笑翻了。

如果说马赛马拉的底色是厚重的褐黄，
那么，纳库鲁和奈瓦沙就是流动的青蓝。
树高草密、水清木华、羚奔豹突、湖光鸟影，
一切都在流动和变幻中。

纳库鲁和奈瓦沙

野旷天低树，江清月近人

如果说马赛马拉是野生动物的乐园，那么纳库鲁和奈瓦沙应该称得上野生动物的伊甸园。如果说马赛马拉的底色是厚重的褐黄，那么，纳库鲁和奈瓦沙就是流动的青蓝。树高草密、水清木华、羚奔豹突、湖光鸟影，一切都在流动和变幻中。

一大早离开马赛马拉前往纳库鲁。纳库鲁市是肯尼亚第四大城市，距离内罗毕160公里。说是第四大城市，人口不过20万人，在我们眼里，也就是个乡镇而已。不过这里可是出政治人物的地方，肯尼亚独立后的第一位总统、被誉为"国父"的肯雅塔和第二位总统莫伊，都来自纳库鲁。

相比马赛马拉，纳库鲁袖珍了许多，柔美了许多。马赛马拉拥有引以为豪的非洲五大兽，纳库鲁则拥有以百万来计数的火烈鸟。东非大裂谷的肯尼亚段是火烈鸟的主要栖息地，最多的时候达到四百万只。

纳库鲁湖是地壳剧烈变动造就的火山湖。熔岩灰经雨水冲刷流入湖中，造成湖水中盐碱质的大量沉积。这种盐碱质和赤道的强烈阳光，为藻类的繁衍滋生提供了优越条件。蓝绿色螺旋藻和硅藻是火烈鸟最喜欢的食物。这些水藻中含有的叶红素让火烈鸟浑身散发着夺人眼球的红。

遗憾的是，我们却没有看到想象中的火烈鸟群。薄薄的暮色下，参天大树的影子倒影在漫过树林的湖水中。拉奇告诉我们，他做狩猎导游这么多年，第一次看到水面涨到这里来的情况，没法再往前进了。原因是2013年的雨季时，过多的雨水导致水位骤然上涨，环境变化使得藻类和微生物单位含量骤减，无法满足大量火烈鸟的生存需要。往昔壮观的火烈鸟奇景不见了，天边的晚霞都显得有些寂寥。对岸还散落着为数不多的火烈鸟，看上去只有细细的一道红线。红羽与落霞齐飞的景象，只能幻化成一个遥远的梦了。

纳库鲁的湖泊占总面积的27%。这里栖息了数百万只珍稀鸟类，被誉为"观鸟天堂"。各种野生动物也悠然自得，它们不太为生计发愁，不用长途迁徙，不会饥渴难耐……优越的自然条件造就了这里的动物不同于马赛动物的气质和特点。不用说那些本来就温顺的长颈鹿羚羊之类，就连凶猛的五大兽，在这里也大多呈现出温情的一面。

我们在纳库鲁茂密的草丛里看到一家四口，一头母狮带着它的三个孩子。母狮懒洋洋地在睡觉，依偎在母亲身边的小狮子个个精神十足，可爱的小脑袋好奇地东张张西望望，竖着小耳朵，眼睛骨碌碌乱转。它们一会儿在妈妈身上蹭蹭，一会儿扬起小爪子互相挠挠，一会儿甩甩小尾巴，好奇地看看路边庞然大物似的铁疙瘩。小狮子应该刚出生不久，浑身光溜溜的，看上去完全就是邻家小猫咪嘛！搞得我们车里的"准妈妈"月妹感叹："好想抱一只回去啊！"话音刚落，那只母狮就像心灵感应似的，突然抬头警惕地往四周看了看，仿佛在发出警告——想抢我的孩子？小心！吓得月妹只好把抱走一只小狮子的愿望扼杀在摇篮中，退而求其次，压低声音对先生说："思波尔哥，你'闷起势'地拍，我'嘿起势'摄哈！"这话听上去有点像外语，其实是标准的四川方言，意思是你多拍点照片，我多拍点录像。不过这"思波尔哥"是怎么回事，当时我也没懂。一路听她这么叫先生，到底没忍住好奇，一问才知这个古怪精灵的丫头把 husband 掐头去尾，加了点方言调料，送给丈夫这么一个既独特又古怪的昵称——思波尔哥。

"五大兽"指的是大象、狮子、豹子、犀牛和非洲野牛。野牛之所以上榜，是因为猎杀它们的难度和危险性很高。我们在马赛草原没有看到野牛，在纳库鲁却是野牛成群。乍看上去，非洲野牛与亚洲水牛外形相似，只是那对惹眼的牛角更大更长更厚，而且颇具风格地从中间平平地向两侧弯曲，然后向上翘起，像精心打理过的中分发型。这让它们显得格外憨厚甚至有点滑稽，但是，你可千万不能被这种假象蒙蔽。非洲野牛性情暴躁，野性十足，极具攻击性，因此被冠以"Black Death（黑死神）"或"Widowmaker（寡妇制造者）"的名声。一头成年的非洲野牛身高可以达到近两米，体长可以达到三米，体重可以达到惊人的1000公斤。那对硕大而弯曲的双角是它们防御和攻击敌人的锐利武器，即使百兽之王的狮子也不敢轻易招惹它们。

相比野牛镰刀般的牛角，犀牛尖锐的独角更像一把尖刀。在纳库鲁比较容易见到犀牛，政府在这里设立了一个犀牛保护项目。非洲犀牛有黑犀牛和白犀牛之分，但二者的差别却并非身体颜色，而是嘴的宽度。黑犀牛的嘴是尖的，喜欢嫩叶和树枝，掘食块茎；白

犀牛的嘴宽且平，喜欢食草。两种犀牛的嘴巴都如割草机一样高效。正是因为白犀牛嘴部宽大，wide英文发音类似white，才被误传而得名。其实黑白犀牛都是灰黑色，同样肥硕的身躯，短粗的腿，皮糙肉厚，高度近视，嗅觉超群。白犀牛一般过着群居生活，黑犀牛喜欢独来独往。大概是由于独居的原因吧，黑犀牛的性情更为暴躁，有时候会攻击车辆。

旱季的马赛马拉是苍黄的，然而纳库鲁的色彩却极其丰富。这些色彩流淌在大地上，弥漫在空气中，浸润在湖水里，让你充分领略超然世外的宁静和神秘。在《走出非洲》一书中，凯伦把非洲原始森林描述为"织锦"，我觉得用来形容纳库鲁的丛林再合适不过了——你骑着马进入这古老的织锦深处，有的地方有些褪色，有的地方因年深而黯淡，而奇妙的是绿荫如此浓密。在那里，你见不到太阳，只是阳光穿过树叶，玩着种种游戏。灰色的真菌如一缕缕长长的胡须低垂在树上，蔓藤纵横交错，互相盘绕。这一切给原始森林平添一层玄妙、幽深的氛围。

晚上入住湖边酒店。东非行中，不光有野趣横生的自然环境，激动人心的狩猎之旅，让人惊喜的，还有这些风格别具的旅游酒店。木头的、帐篷的、茅草的、火山石的……很多没有星级，但环境、设施、管理和服务毫不逊色。这家位于奈瓦沙湖畔的酒店也是如此。一幢幢圆顶木质小屋散落在新月形弧线上，无论哪个角度都可坐拥蓝天白云，闲看杂树野花。巨型仙人掌树把小径围得密不透风，漫生的藤蔓和花朵在这些带刺的植物中显得更加天真。因为常有动物出没，酒店实行24小时安保措施。据说前不久，附近的酒店刚发生过一起严重安全事件。一位上海女游客吃完晚饭后在回房路上，遇到河马出来吃草。这位游客又惊喜又兴奋，走到近处去给小河马拍照，结果遭到河马妈妈的疯狂攻击而身亡。为避免此类悲剧重演，各家酒店都加强了安保措施，反复告诫游客不能擅自行动。

听过这个故事，战战兢兢之余，也勾起了我们对夜晚出没的河马的强烈好奇。晚饭后，在一位黑人保安的带领下，借助小小手电的指引，我们果然在餐厅外面的草地上，发现了几只笃信"马无夜草不肥"的河马。它们彼此相隔不远，低头享受夜宵，全然没有注意到十几米远之外，我们这几个蹑手蹑脚的人。保安大哥把活动范围限制在安全可控的距离外，用手势指挥我们朝哪个方向看。"哇，好大的家伙！"思波尔哥"一边小声感叹，一边举起长焦镜头对着河马猛拍。几位女同胞互相拉着手屏息不敢言，黑暗中只听到咔嚓咔嚓的快门声。为了避免闪光灯惊扰河马，拍照只能在黑暗中进行。我扭头观察一下地形，算计着万一河马冲过来，我应该往哪个方向逃窜。这时候"思波尔哥"得寸进尺，不仅一再越过保安设定的红线，还不甘心地请求："我能不能打开闪光灯拍一张？就一张！"这个要求首先遭到了黑人保安的断然拒绝，继而受到媳妇的严厉谴责："不行！这么多人在这儿，你不要命我们还要呢！"我一边忍着笑，一边假装好人："拍吧拍吧，我们先撤，你掩护！"

早起，晨光明媚，把林子、草坪和屋顶染成一片耀目的金色。一群长尾叶猴从树上窜下来，享受酒店工作人员送来的早餐——餐厅每天会把客人吃剩的食物提供给这些动物。有趣的是，长尾叶猴的社会也是等级分明。猴王全家吃完早餐前，其他猴子是不允许上桌的。它们只能蹲在周边，眼巴巴等着残羹剩饭。那些明知无望又不肯受"嗟来之食"的猴子，干脆留在树上冷眼旁观。

车子沿着山路穿过树林抵达奈瓦沙湖，恍惚中似乎闯入了一个童话世界。清风拂来，湖面波光粼粼，像是在水底藏了无数黄金碎片。水面上有一片高高低低的白色树林，亭亭玉立。不知道这是什么树，根在水里，树干在水上，枝丫干枯多刺，树冠上挂着许多鸟巢，黑色水鸟在白色枝丫间站立不动，好像刻意营造的艺术品。

与其他湖泊不同，奈瓦沙湖是难得的淡水湖，水呈弱碱性，可饮用。湖边有大片的纸莎草沼泽，茂盛的苇叶和浮萍荡漾出无边风情。草叶深处，美丽的水羚在悠游；沼泽之上，成片的水鸟在嬉戏。湖中生长着丰富的淡水鱼，因此吸引了大量鱼鹰、斑鱼狗、鹈鹕等水鸟栖息于此。湖畔周边丰富的植被也吸引了很多食草动物，如河马、水羚、水牛、长颈鹿、斑马、角马等。

一溜蓝白相间的小舟泊在岸边。"野渡无人舟自横"的画面跃然而出。游客不多，我们穿上救生衣，登上小木舟，随黑人船夫一声响亮的口哨，船稳稳地向湖的深处行去。

坐船穿行于水中树林，造访河马之家，体验鱼跃鸟翔。水面不时有河马的方脑袋和圆耳朵冒出来，呼噜呼噜喷点水，呼呼气，又一猛子扎入水中。再看时，除了几圈淡淡的涟漪，不曾留下半点痕迹。黑色水羚徜徉在苇叶间，瞪着一双大眼睛看你。等船靠近了，它们却倏忽一下闪到另一丛芦苇中去。岸边的刺槐、青草、浮萍和水草长得极为茂盛，三三两两的长颈鹿安然地啃食树叶，梦幻般映出美丽的倒影。黑白分明的斑马散落在岸边低头吃草，对于我们的靠近毫不在意。至今想起来，我都觉得这番情景、这段时光美得不太真实，完全像梦境一样。

　　船夫指给我们看岸边的一颗树。树梢上，一双并肩而立的白头鱼鹰一动不动眺望湖面。船夫从脚下的鱼篓里掏出一条鱼，高高地扬起手臂来回挥动，吸引鱼鹰的注意。之后，伴随一声悠长嘹亮的口哨，船夫将手中的鱼抛了出去。说时迟那时快，白头鱼鹰闪电般俯冲下来，在鱼饵刚刚接近水面的瞬间，它灵活有力的爪子又准又稳地抓住了目标。船夫告诉我们，除非鱼鹰不饿，只要它出击，一定弹无虚发。

　　风吹过，涟漪轻摇，光影层叠。无人说话，大家都不愿打破这份静谧。繁星般的水鸟散落在水草和波光间。突然间，它们呼啦啦腾空而起，打破了寂静。阳光跳跃，碧水欢腾，水草摇晃，我们的船快速朝鸟群划去。哦，争渡，争渡，惊起一滩鸥鹭。

　　天地的静中蕴藏着无穷动。动静之间，野趣天成。

这些鲜亮的身影有如跳动的火焰，
张扬着生命原始的激情与快乐，
你在他们灿如天空的笑脸上，
找不到一丝阴霾。

安博塞利

荒烟守乾坤，本色马赛村

清晨，我站在酒店门口，遥望尚存浅浅一点雪帽的乞力马扎罗山峰——那是多少文艺青年心中的圣地啊。天气晴朗，空气澄明，乞力马扎罗雪峰在我的视野中、镜头里都清晰可见。只是，失去了海明威笔下那番雄伟壮阔，也没有想象中缠绵旖旎。这一切，是因为时间的迁移而沧海桑田，还是人心的改变而记忆虚幻？

安博塞利国家公园（Amboseli National Park）位于肯尼亚和坦桑尼亚交界处，面积392平方公里。安博塞利原来有一个湖，湖水就来自乞力马扎罗山顶的雪。但这些年来随着雪峰的退却湖水也逐渐干涸，只有在大雨季时方可略现一斑。"安博塞利"在马赛语中是"有水的地方"的意思。可是不知道等待它的会是什么样的命运。中午在酒店吃饭时，马赛服务生告诉我们每一年雪峰都在变小："恐怕用不了十年，这点雪帽也会消失了。"我问："那这里会怎样？你们又干嘛？"他耸耸肩："噢，上帝知道。"

不同于马赛马拉的长草如歌，迥异于纳库鲁和奈瓦沙的湖光水色，安伯赛利的贫瘠和荒凉让人有点心惊。正值旱季，草木稀疏，干燥枯萎，时不时看到被风卷起的一道道沙柱腾空窜起，高度可以达到几十甚至百米——这一奇观使得安博塞利虚担着草原之名，却上演着荒漠飞沙的戏。安博塞利像一个抽烟的老人，烟尘弥漫而不自知。光看着就有呛人的感觉，坐在紧闭的车窗前，我还忍不住眯起眼睛，掩住口鼻。

被称为"大象故里"的安博塞利象群众多。在粉红的晨曦或金色夕阳中缓缓行走在草原的象群，是安博塞利最典型也最动人的一幕。这里的动物种类没有马赛马拉丰富，但因为缺少高大植被的遮挡，反而更容易发现猛兽，也更容易看到它们的捕食场景。我们在安博塞利不仅看到了成群的大象，还看到狮子和猎豹捕猎的场景。这里的safari之旅让我着实感慨，在这般严酷的自然条件下，大自然依然保持着生生不息的生机与活力。自然界的生灵有着多么惊人和顽强的生命力啊！其实不光是植物动物，安博塞利的马赛人又何尝不是如此？

都市中的人们总是在寻找"本色"，憧憬"原味"，而在东非大草原上，就有着这样一群人：他们以部落为单位，在草原上游牧而居，遵从严格的制度，部落首领和长老享有不容置疑的绝对权威。他们有自己的语言文字，笃信万物有灵，盛行一夫多妻，按年龄来划分等级。他们喝牛奶，饮牛血，吃牛肉，睡牛皮，男人蓄发编辫，女子剃光头，有长可垂肩的耳洞。为了灌药方便，从小就被拔掉两颗门牙。他们身材细长，擅于奔跑和跳跃，古老习俗是男孩子以独自捕杀一头狮子作为成人标志。他们的笑容和高原的空气一样干净通透，他们的心灵和广袤的原野一样自由——马赛人应该算是将"本色"保留得最为完整、最为彻底、也最具代表性的东非民族了。他们的存在像一个传奇，披在身上的"束卡"和"坎噶"

都以最鲜亮的色彩宣示其存在感。他们在这片古老的土地上如此醒目，吸引了来自四面八方好奇的眼光。

行走在肯尼亚南部和坦桑尼亚北部的接壤地带，一路都能看到逐水草而居，靠围猎而生的马赛村庄和马赛人。坐在车上，常常可以望见被树枝木棍包围、用牛粪和泥土建造的马赛土屋，也常常看到身披"束卡"的马赛牧人挥舞木棍在草原上奔跑的场景。这些鲜亮的身影有如跳动的火焰，张扬着生命原始的激情与快乐，你在他们灿如天空的笑脸上，找不到一丝阴霾。

马赛人有一个说法："我们右手持长矛，左手持圆棍，就不能再拿书本了。"不过今天，我们看到马赛村的孩子们已经开始走进学堂。面对来来往往的车辆，熙熙攘攘的人群，形形色色的诱惑，再古老的传统也难以抵挡现代文明的冲击和蚕食。在年轻的马赛人眼中，这个世界不再只有草原和牛群，生活的内容也不只捕猎和繁衍，他们的眼光越过祖辈的肩头，落在了更远的地方。他们开始走出草原，到山上开垦土地、种植蔬菜；开始丢弃狭小低矮的牛粪土屋，住进政府修建的铁皮屋里。有一些人离开村庄，来到旅游酒店从事服务或表演，这些马赛服务生和特色表演颇受游客欢迎。还有一些人走得更远，他们离开家乡来到内罗毕这样的都市求学、谋生，开始走上另一种人生道路。

今天的马赛村和马赛人，和这个世界上很多原始部族一样，已经不再是墨守成规的单一原色了。作为匆匆过客的我们，没有权利也没有依据去评判，这些游走在传统和文明之间的族群，究竟是否应该坚守他们的"原色"？在人类社会物质和文明高度发展的今天，人们多半带着自私和猎奇的心理来看待这些古老部族，期望花花世界之外，永远保留一片不被文明开垦的土地，用以满足我们对所谓本色、原味、野性以及人类本源的观望和遐想，鲜少有人站在族人的角度去衡量：对原始传统和生活方式的坚守，究竟是幸或不幸，该或不该？

在酒店门外的土路边，蹲守着一群身着鲜艳"束卡"的马赛男青年，每每有safari车子经过，他们便兴高采烈地跳起来，争相邀请去他们的村子参观。经过一番激烈竞争，两个脱颖而出的马赛小伙子甩掉其他人，开始在我们的越野车前面领跑。路上尘烟滚滚，他们挥汗如雨。我还以为他俩是同一个村的，谁知跑了几公里，随着土路向两个方向分叉，其中一个小伙子终于喘息着停下脚步，而另一个小伙则敏捷地攀上我们的车，一只手伸进车里勾住窗沿，一只脚粘在司机座的门沿外，一边指示方向，一边和司机轻松地聊起天来——这个以耐心和耐力赢得胜利的马赛青年，用这种"金鸡独立"般的奇怪姿势把自己"挂"在车窗外，得意和喜悦之情一览无余。我突然感觉在这场竞争中，不明所以的我们成了一种"战利品"。后来才知道，参观马赛村都是按人头收费的，除了这笔固定收入，"战利品"们还有可能购买各种纪念品，有的还会直接给予物质和金钱的馈赠——所以，这个给村子带来我们这些"战利品"的马赛青年，是完全有理由把自己"挂"在车窗外炫耀的。

越野车终于停在了村口。远远地，我看见一个瘦小的女孩在貌似水井的地方取水。车轮扬起的漫天沙尘也没能挡住她朝我们高高挥舞的手臂。看到有游客进村，马赛村的人们是多么开心啊。

村长盛装出来对我们表示欢迎，向我们介绍参观环节，并与我们合影留念。不过这个村长看起来也太年轻了吧，实在不符合部落长老的形象，让人不免对其真实性生出一丝疑惑。欢迎仪式倒是一丝不苟，颇为隆重。在村长的带领下，一众村民排成一列来到我们面前，十个男人，十三个女人。男人裹着被称为"束卡"的红蓝披风，手持一头细一头粗、用来驱逐野兽的马赛木棍。女人们穿着色彩绚丽的"坎噶"，戴着五颜六色珠子串成的头饰和项圈。仪式开始，他们且行且停且歌且舞，女子高亢的嗓音和男人雄浑的吆喝交织在一起，划开沉闷燥热的空气，荡起一圈圈欢乐的涟漪。阔大而单调的草原，因为有了人，有了声音，有了色彩，变得无比生动起来。马赛人沉浸在自己的歌舞中，相互传递着情绪、眼神、笑容和语言。女人们一边牵手跨步，一边用高亢的和声鼓动你的耳膜，渲染表演效果。男人们一边嘿嘿地吆喝，一边踩着鼓点般的节奏半倾身体点头弯腰，像是在向远道而来的客人致意。在马赛部落，男人显然仍是绝对主角——他们开始表演传统的跳高，一个接一个起跳，一轮比一轮跳得高。马赛人用跳得更高来表达力量和勇气，以及性感，挑逗着旁边的女人和我们这些游客艳羡的目光。这其实不无道理，试想在旷野里，跳得越高，意味着越容易发现目标或者危险，并及时做出反应——这难道不应该是评判首领和勇士的标准吗？

随着我们的加入，气氛越来越欢快、热烈、轻松。我们和马赛人一起手拉手，肩并肩，唱歌跳舞，鼓掌喝彩。一个马赛女孩把她硕大的项链挂在我的脖子上，叫旁边的马赛男孩给我拍照。我觉得这时候，马赛人不仅仅是在表演，而是在挥洒无休无止的快乐和激情；而我们也不仅仅在观看，也是在释放内心的情绪和负担。

这，也许才是来马赛村获得的最有益的犒赏。

在村口一颗大树下，马赛青年为我们展示了传统的马赛药材，

表演钻木取火。三个青年蹲在地上，一人扶着用干草垫底的薄木片，另外两人轮番快速搓动竖立在木片边沿的一根细木棍。随着动作的加快，两个木片之间开始发黑，旁边的干草渐渐冒出丝丝缕缕青烟。几分钟后，取火成功，美丽的火焰欢快地跳动在干草上面，引发了一片掌声和叫好声。不过那些所谓药材看起来实在不怎么样，无非是一些树皮草根，马赛青年不厌其烦地举起来一一向我们推荐，哪个可以治疗腹泻，哪个可以治咳嗽、跌打损伤甚至阳痿。当马赛青年郑重其事地举起一根枯枝推广他们举世无双的壮阳神药，扬言只要喝了这个东西煮的水，就可以和你的新娘三天三夜不睡觉时，我们忍不住捂嘴偷笑，两位男士只能面露尴尬落荒而逃。

仪式结束，我们进入村子闲逛。马赛村的住房排成环状，村庄

外围用带刺的树干和树枝围成圆形篱笆。每个村庄大概可以容纳4~8个家庭及其他们的牲畜。房子十分简陋，用牛粪和泥土混合堆砌，一人多高，远远望去就像一个个倒扣的大圆缸。一个叫西蒙的马赛小伙拉我进了他的家。说是房子，其实连窗户都没有，小小的门就像一个洞口，又小又窄，猫着身子才能钻进去。进去后先经过一小段黑暗狭小的过道——西蒙说这是出于安全考虑，万一有野兽入侵，便于主人进行自我保护。从强烈的阳光下进入没有窗户的屋里，就像钻进了地洞，骤然间感觉黑暗从天而降，完全伸手不见五指。我打开手机的手电功能，一束白光点亮了四周斑驳的土墙。西蒙很好奇地凑过来看我的手机，嘴里啧啧称奇。他们平时的照明大概是靠取火吧。

这个马赛小屋分里外两个小间，两个土砌的床占去了两间屋子大部分的面积，上面铺着草席，或者干草。里间稍大，床前有个炉子，旁边木架上放着简陋的厨具：一口小锅、一个木勺、一个小塑料桶、几个破旧的陶瓷杯子、盘子，还有一个显然是游客送的带奶嘴的塑料奶瓶。床边靠着两个木质的不知用来装水还是装酒的圆锥形容器，造型挺漂亮，上面镶嵌着彩珠，配有兽皮制作的背带。西蒙指点着告诉我：这是厨房，这是妈妈的床。显然，这个阴暗逼仄的空间就是家庭最主要的活动场所了，兼备厨房餐厅客厅卧室起居室多种功能。"这应该是爸爸妈妈的床吧？"我有些疑惑地问。不，西蒙指指外面："爸爸住外面那间。"哦，我点头，再简陋再清贫，也是遮风挡雨的家，也是需要男人用生命来守护和捍卫的地方啊。

从马赛小屋钻出来，西蒙不肯放过我这个两手空空的"战利品"，接着拉我转到村里的地摊市场。此刻骄阳似火，太阳晒在身上有火辣辣的烧灼感。光秃秃寸草不生的土路两边，排着两溜简陋的地摊。守摊的都是马赛村的"妈妈"们。她们穿着大色块的艳丽服装，身上挂满叮叮当当的艳丽首饰，沐浴在无比艳丽的阳光下，等待我们这些"战利品"的光顾。她们暴露在阳光下没有任何遮挡，可是气定神闲的样子就像在沙滩边享受日光浴一样——换了我，估计半小时就虚脱了。同行的伙伴们自从参观马赛小屋起就不见了踪影，此刻只有我一个人，在烈日炎炎下逛这乡村地摊。我问西蒙，"我的同伴呢？"他一边回答："在那边，我领你过去。"一边从地摊上拾起一串项链说："这个，这个漂亮！"好吧，我就这样三步一驻足五步一停顿，跟在西蒙后面挨个摊位走，心知不买点东西估计是见不到同伴了。不过我发现马赛饰品有它的特点，于简陋朴素中散发出一种粗犷厚重之美，我也就随便捡了两条彩色项链和一副耳环，煞有介事地讨价还价一番，最后以2000先令成交。算下来不过一百多块人民币，我买来就直接披挂上身，叮叮当当晃来晃去，看到他们开心的笑脸，也算两全其美了。

一间简陋的木板房矗立在前面，这就是村里的小学校了。同伴们早都聚在这里。我进去的时候，他们正在给孩子们分发带来的铅笔、本子和糖果。教室大概有十几平方米，正前方是黑板和讲台，下面有十张用木板和木条拼起来的连体桌凳，两三个孩子共用一张。十几个学生大都是男孩，大的十来岁，小的四五岁。一个穿着干净清爽的衬衫和牛仔裤的高个男人站在黑板前——村长介绍说这是老师。说他是从很远的城镇过来给孩子们上课的，非常辛苦。以前只知道中国有最美乡村女教师，原来，肯尼亚也有风度翩翩的马赛男教师，要说最可爱的人，他们应该当之无愧。

我拿出带来的糕点和糖果分给孩子，刚刚平静下来的教室又活跃起来。孩子们纷纷朝我涌过来，伸出黑乎乎的小手，老师不得不出面制止。我看到这些孩子，黑黑脏脏的脸上晃着鼻涕，趴着苍蝇，但他们好像完全没有感觉，瞪着黑白分明的眼睛眼巴巴盯着我们，好像我们都是魔术师，背着的包包里面永远都有掏不完的惊喜。我为自己不能掏出更多的惊喜而羞愧。但是作为匆匆过客，除了尽微薄之力为学校捐一点钱，向老师表达敬意，给孩子们这点惊喜之外，我们又有什么能力给予更多呢？

一个被安放在乞力马扎罗雪山下的小城，

太适合用来荡涤旅途的尘埃，安置流浪的心灵了。

热闹而不喧嚣，恬静又不寂寞。一切恰到好处。

莫西小镇

结庐在人境，守拙归园田

由于肯尼亚在中国开放旅游的时间比较早，宣传也更多，因此对于多数国内游客来说，非洲旅游的起点，大都是从肯尼亚开始的。来东非之前，在我非常匮乏的非洲印象里，"马赛人"等同于非洲代名词，"马赛马拉"是最典型的非洲名片。

不过，当我站在马拉河边眺望"天苍苍，野茫茫，风吹草低见牛羊"的原野时，才知道在奔腾不息的马拉河的另一边，位于坦桑尼亚境内，还有一个更为辽阔壮美的大草原，它的面积几乎是马赛马拉的10倍之大！它的名字叫做"塞伦盖蒂"（Serengetti）。我还了解到，由肯尼亚南部穿越边境进入坦桑尼亚北部的这条旅游线路，集合了东非"狩猎旅行"的精华所在——塞伦盖蒂震撼人心的百万角马大迁徙，塔兰吉雷最具非洲特色的夕阳金合欢，恩戈罗恩戈罗状若碗底自成一体的火山口……这些地方洋溢的丰富而浓烈的非洲风情一点也不逊于马赛马拉，无比妖娆地燃烧。

正午的骄阳，一刻比一刻狂放地炙烤大地。旱季的稀树草原，荒寂的旷野人迹稀少，时不时窜起几十米高的沙柱，旋转呼啸着直插长空。这片原始蛮荒的土地里蕴藏着什么样的能量？

　　从马赛村出来，我们驱车穿越肯尼亚南部边境，很快进入坦桑尼亚边境。车子停在两国接壤处的边境站，我们需要在这里办理入境手续。边境站旁边有一片茂密的芭蕉林。从车里望过去，两国边境并没有明显的警戒标志，没有铁丝网，篱笆墙，没有人影，也没有守卫。下了车，伸个懒腰，我看到十几米外，另一部同样经过改装的绿色丰田越野车停在路边，一位大个子黑人司机满脸笑容地朝我们挥手。

　　这是坦桑尼亚段的司机兼导游查尔斯。黝黑壮实的身躯，满脸憨厚的笑容，光头溜圆，皮肤黑得发亮，一笑露出满口洁白的牙齿。查尔斯和肯尼亚的拉奇风格迥异，一个外向开朗、幽默风趣，没人说话就自个儿唱歌；一个却是典型的闷头葫芦，沉默寡言惜字如金。有时候我觉得查尔斯像个"机器人"，一旦被设置成"司机"模式，别的任何事物都可以视而不见听而不闻。他很少用肯定或者命令的语气对客人提出批评和要求，哪怕你耽误了时间、临时变更了计划，他亦不会流露责怪或催促之意。只有两个"雷池"不能逾越：一是安全，二是误机。从这个意义上讲，你不能说这个司机有多好，却也很难说他不好。如果要用非洲草原上的动物来比喻这两个司机，那么我觉得拉奇像草原上一头轻灵敏捷的猎豹，查尔斯则像一头迟缓木讷的野牛。

　　入境手续非常简单。出示护照、接种疫苗的小黄本、100美元签证费就万事大吉。令人伤脑筋的是，你必须小心钱包里面的百元美钞——以2000年为界，旧版一律被拒收。在这里，有些钞票等同于废纸。后来我问旅行社的朋友，他说在非洲曾出现过大量百元伪钞，据说是从拉美地区流出的。由于造假设备和技术十分先进，普通验钞机都难以分辨。赚钱不易的非洲人民，对这种大额美钞抱着"宁可错杀一千，绝不放过一个"的心态封杀，也当理解。

往阿鲁沙去的路上，黄沙漫漫的天地突然翻了篇，空气中有了湿润的气息。山路两旁，掩映在芭蕉林中的村寨、农舍、田园，透出一派悠闲的自然风光。芭蕉林枝繁叶茂，垂下一串串绿色的果实。低矮的灌木丛边不时跳出几丛鲜艳的花朵，有农夫在房舍外劳作，小孩子在门口荡秋千。裹着彩色长裙的妇女，头上顶着大大小小的盆盆罐罐，甩着两手大步穿行于道路和阡陌上。放学路上，一群穿英式校服的中学生，背着书包嬉笑打闹。如果稍加留意，你会发现东非的男孩子往往有紧贴头皮的小卷发，女孩子大多剃光头。区分男女的标志只能通过穿着：穿短裤的是男生，着短裙的是女生。

傍晚我们抵达了坦桑尼亚北部阿鲁沙（Arusha）地区著名的小镇莫西（MoShi）。阿鲁沙曾经是东非共同体总部所在地。从地理位置上讲，莫西小镇毗邻乞力马扎罗山，是游览塞伦盖蒂草原的必经之地，得天独厚的条件让这个小城声名远播。

此时是一天中最美的时分。夕阳恋恋不舍，天空已泛起幽深的蓝。莫西小镇里那些英伦风范的建筑和街道被镀上了一层柔和的金黄。深绿的藤萝爬满栅栏，艳丽的花朵争先恐后攀上白墙。城市道路整洁干净，斑马线分外清晰。绿化带内有各种动物雕塑，街道两旁有银行、邮局、商店、餐厅和酒吧，人群熙攘而不拥挤，时光悠闲而不颓废。微风轻摇夕照，光影变幻。隔着餐厅的玻璃门，几丝喧哗泄出来，在空气中旋转，却无法打破渐趋宁静的夜的气息弥漫。

静谧是乡村不变的主题。当黑夜像一张大网徐徐覆盖，和所有

的乡村小镇一样，这个小镇也安静下来。店铺早早地关门闭户，街灯闪着幽暗的微弱的光。但是如果你的脚步深入一些，会在街巷间发现一些通宵营业的小酒吧，那里永远不缺少音乐、啤酒、香水和时尚。

很多人喜欢莫西小镇，大概因为它在蛮荒中显示出的那份精致。一个被安放在乞力马扎罗雪山下的小城，太适合用来荡涤旅途的尘埃，安置流浪的心灵了。热闹而不喧嚣，恬静又不寂寞。一切恰到好处。虽然没有光鲜亮丽的大厦，却有赏心悦目的英伦庭院；抬头可以仰望波澜壮阔的雪山，伸手又可以触摸现代生活的明快。在街巷漫步，在酒吧畅饮，在森林中露营，在雪峰下沉思。莫西是一个永远客满的驿站——看来来往往的人，听各色各样的故事。心情不沉闷，欲望又不横流。

那些来了就不再离开的人，也许就是这样找到了生命绽放最舒展的姿态。

当我重回山脚，回望乞力马扎罗时，
心里充溢着一种复杂的情感。
这一趟，好像完成了一个深长的
夙愿，又好像只是一个开始。

乞力马扎罗

日暮苍山远，皓雪浮云端

　　晨曦中，我们离开阿鲁沙前往乞力马扎罗。虽然并没有登山计划，但既然来了，哪怕只是站在它的脚下，有片刻的仰望和触摸，如此近距离贴近这座包裹在时光尘埃中的神秘圣山，于我而言，也如同一次朝圣。

　　这座屹立于赤道上的非洲最高峰，因为一位举世闻名的作家和他的作品声名鹊起。他，就是海明威。

　　"乞力马扎罗是一座海拔一万九千七百一十英尺的高山，山顶终年积雪。在西高峰的近旁，有一具已经风干冻僵的豹子的尸体。豹子到这样高寒的地方来寻找什么，没有人作过解释。"这是海明威《乞力马扎罗的雪》一书的开篇之语。这段话像是一段梦呓，似乎和故事本身没有什么联系，但这寥寥数语却点明了全篇的主题。海明威反复追问的，是生命存在的意义和价值，是每个人都在跌跌撞撞中找寻的一盏灯。《乞力马扎罗的雪》是一个短篇小说，海明威以意识流的手法描写了一个濒临死亡的作家对一生的回顾和反思。他写了一个在非洲狩猎旅行时染上坏疽病的作家，在无助地等待救援的过程中，看到自己的"生命"一点点被消耗殆尽，"死神"一步步揭开了人生真实、残酷、虚伪和丑陋的面纱，直至最后的了悟和解脱。在小说结尾，作家的灵魂终于在圣洁无暇的乞力马扎罗雪峰之上得到真正的平静——"他看到，像整个世界那样宽广无垠，在阳光中显得那么高耸、宏大，白得令人不可置信——那是乞力马扎罗方形的山巅。于是他明白，那儿就是他现在要去的地方。"乞力马扎罗山因为这部小说成为俗世中的一盏灯。多少人怀揣对现实的失望和生存的迷惘，不远万里来这里寻找生命的真谛。他们心中的乞力马扎罗，一定被赋予了某种神性的光辉。

远远望去，我觉得乞力马扎罗山那么孤单和突兀。一座海拔五千多米的高山，在一马平川的辽阔平原拔地而起，这本身就是一个难以解释的奇迹。凝眸远眺，仿佛能感受来自大地深处不可思议的力量，那是一种燃烧的、躁动的、与非洲大草原水乳交融的原始生命力。沉默，却从未平息。

在斯瓦希里语中，乞力马扎罗意为"闪闪发光的山"，表示山巅终年不融的白雪在阳光中熠熠发光。乞力马扎罗的中央火山锥乌鲁峰又名"自由峰"，海拔5892米，是非洲大陆的最高点，被称为"非洲屋脊"。我从一张俯拍乌鲁峰的照片上，看到它美如仙境的身姿——巨大的凹陷像一只冰雪大碗，晶莹剔透，清莹无瑕，底部耸立着巨大的冰柱。如一只盛满珠宝的玉盆，艳光四射，夺人眼球。

回溯历史，可以看到在很长一段时间，"赤道雪峰"曾经只是一个传说。西方社会对它的真实存在充满质疑。1848年，一位名叫雷布曼的德国传教士来到东非，他目睹了赤道雪峰的奇景并为之折服，写了一篇文章描绘这一人间奇观。然而在此后的十几年，这篇文章给他带来的却是无尽的麻烦。当时西方社会完全不能相信赤道上会有雪峰存在，指责雷布曼的"赤道雪峰"说纯属子虚乌有，意在宣传异端邪教。直到1861年，又一批传教士和探险者来到东非，将"赤道雪峰"的奇景拍摄照片带回国内，这才为雷布曼洗刷了冤屈。自此，乞力马扎罗引发无数关注。近一个世纪以前，西方社会的王宫贵族、富贾政要们趋之若鹜来到这里，只为一睹"赤道雪峰"的芳容。海明威的《乞力马扎罗的雪》就是在这样的背景下诞生和流传的。

的确，赤道与雪峰就如冰与火两个极端，若非亲历，难以置信。据说在炎热的夏季，乞力马扎罗山麓的气温高达59摄氏度，而峰顶的气温却在零下34摄氏度——实实在在是冰火两重天啊。也正是源于气候带的这种复杂，这里的自然资源十分丰富。峰顶终年被白雪覆盖，除了冰川一无长物。到了2000～5000米之间的山脊，开始有郁郁葱葱的高山森林带。2000米以下的山腰，种植了大片咖啡、花生、茶叶等农作物。山脚则是浓墨重彩的热带风光，除了甘蔗、香蕉、可可等热带作物外，还有大量用来纳布制绳的剑麻，铺天盖地，一望无涯。山麓周边，非洲象、斑马、鸵鸟、长颈鹿、犀牛以及稀有的疣猴和蓝猴等野生动物，在原野和山林间奔跑跳跃，生息繁衍。

我终于站在乞力马扎罗山脚下，仰望心中的圣地。眼前的赤道雪峰，早已不是海明威的雪了。尚存的一点点雪帽，似乎在强撑着留住记忆，却更加触目惊心地昭示着它挣扎的命运。气候变暖，环境恶化导致的雪水蒸发，加上其他多方面的因素，让乞力马扎罗山顶冰雪的面积大规模缩减。曾经无比壮观的雪线正以每年1米的速度无可挽回地退缩，像一个病入膏肓的病人，眼看着生命之火一点点衰微却无能为力。美国俄亥俄州立大学的洛尼·汤姆逊教授通过研究发现，在过去20多年时间里，乞力马扎罗山顶的冰雪已经消融了33%的面积。如此推断，海明威笔下的那个乞力马扎罗，实际上已经失去了82%的冰雪。有人预言不久的将来，"自由峰"的冰雪将会消融殆尽。那时候，"赤道雪峰"这一人间奇迹也许终将成为人类记忆中一场依稀而遥远的梦？

此时的乞力马扎罗山下云集了众多背包客和登山者，尤以高鼻梁蓝眼睛的欧美人居多。既然来了，我们还是决定到山上走一走。于是跟随两个黑人向导沿山路向上攀登。大伙儿从兴奋状态安静下来，排成一行紧紧跟随。

置身乞力马扎罗的怀抱，我被它安详又夹杂着一丝神秘的气息所包围，思绪忽而飞向山巅，忽而飞向海明威。突然听到前面有人说："瀑布到了。"瀑布？我举目四望，除了山崖边一个小小的水潭，哪有什么瀑布？疑惑间，看见黑人向导倚在护栏上向我招手。顺着他手臂的方向望去，我才发现一条胳膊粗细的白线悬挂在岩壁上，那么纤细孱弱。充其量也就是一道山泉，如何能称瀑布？黑人向导看出我的疑惑，双手着急地比划着："现在是旱季，很久没下雨了。雨季的时候，这里，这里，这里……全都是水，瀑布很宽很大！非常大！"

途中不时看到马赛人的木屋，掩映在林中。小径上有三五成群的黑人小孩，扛着比身躯大好几倍的干柴走过。看到游客，孩子们停下脚步，转过身子，在巨大的干柴堆中露出灿烂的笑脸。在艰苦困顿的环境中，你很少看到非洲人愁眉深锁。相反，他们乐观开朗的天性和身上艳丽的服饰一样，给贫瘠苍凉的土地增添了无穷的生机和活力。草原上放牧的牧人，田地里忙碌的农夫，集市上劳作的妇女，酒店里服务的行李员，还有此刻背着比身躯大几倍干柴的孩子们，无不如此。在他们身上我看到，快乐很简单，它让生命时刻呈现出阳光的状态。

当我重回山脚，回望乞力马扎罗时，心里充溢着一种复杂的情感。这一趟，好像完成了一个深长的夙愿，又好像只是一个开始。就像一个梦的结束，是另一场梦的开始。

风把稀稀落落的草和灌木吹得倒伏在地，
一副不知所措的样子。
但白云像奶油一样缀在天空，天蓝得无比柔润。
硕大的猴面包树像地下冒出的一个个神话。

塔兰吉雷

落日故园情，悠悠说不尽

离开乞力马扎罗，开始驶向塔兰吉雷自然保护区。路很颠簸，坑坑洼洼，车轮拖出的尘土遮天蔽日，会车的时候必须紧闭车窗。车里没有空调，暴烈的阳光晒得手臂和大腿一阵阵发麻，燥热像虫子一样在身体里蠕动，让人心里发慌。这时候的感受，跟我最早想象中的非洲没有什么两样。

塔兰吉雷国家公园位于坦桑尼亚北部，面积2850平方公里，是坦桑尼亚第六大自然保护区。早上出发前，我问查尔斯："今天会有什么惊喜呢？"查尔斯一改平时的低调，一边往车里摞行李箱，一边摆出一副神秘表情："你猜！"这个回答引发了我强烈的好奇心，一连串追问："是什么？狮子打架？豹子捕猎？"查尔斯笑笑，也不卖关子了："你会看到很多大象，今天我们要去拜访大象的家！"

风把稀稀落落的草和灌木吹得倒伏在地，一副不知所措的样子。但白云像奶油一样缀在天空，天蓝得无比柔润。硕大的猴面包树像地下冒出的一个个神话。塔兰吉雷的猴面包树大都粗壮苍老，它们似乎生来就是这个样子，硕大、粗糙，动辄能看到几人合抱不过来的巨树。这些树褪去了树叶，只把遒劲的枝干如苍老的手一样伸向天空。光秃秃的枝头挂着很多圆乎乎毛刺刺的鸟巢，无论从哪个角度望去，都是一副印象派画作。在荒寂的旷野里，这些粗粝的猴面包树用强大的存在感和粗暴的视觉冲击力，昭示着生命最本质的孤独，而毛茸茸的鸟巢却带来生命的愉悦和新生。它们奇妙地融在一起，构成了塔兰吉雷最鲜明最动人的场景。

这里象群密集。首先闯入眼帘的却是一头孤独的象。它走在猴面包树和绿色洋槐的远景中，静穆而生动，诉不尽苍凉。

非洲大象是群居动物，一般20到30头为一群。这些大象生活在一起，活动有一定的范围和路线，一般不会乱跑乱走。行动的时候，为了保护幼象，它们通常排成长列：成年雄象走在前面，幼象走在中间，母象在后面压阵。要知道，一头成年的非洲雄象体重可以达到7至8吨，身长8米，身高4米。如此庞然大物，谁见了都得退避三分。加上大象本身性情温和，因此在草原上

几乎没有天敌。它们唯一需要躲避的，就是人类枪械的瞄准器。因为那对洁白的长牙，一直到今天，它们仍然没有摆脱遭遇猎杀的命运。

亚洲象只有雄性长牙，而非洲象雌雄都长象牙。在20世纪80年代国际象牙贸易禁令施行以前，偷猎者猎杀了非洲一半以上的大象。大象的身体粗糙庞大笨拙，与之极不相称的是它们家族关系稳定而情感细腻。人们很少能找到野生大象自然死亡后的残骸和象牙，据说这是因为非洲象自然死亡后，它的家族成员会表达最深切的悲哀。在环绕同伴尸骨静默一段时间后，它们将尸骨在密林中掩藏。这种方式在动物界很罕见，有点类似人类的送葬。而偷猎者正是利用了这一点。他们往往先射杀幼象，以此引出更多悲哀的家庭成员，然后躲在树丛后完成猎杀。

空气褪去午后的酷热，黄昏将要来临了。在一个水塘的树丛边，我们遇到了一个数量众多的大象家族。成员至少在30头以上。这是一副岁月静好的画面——公象骄傲地挺着洁白的象牙，母象扑扇着让人瞠目结舌的大耳朵，象牙还没长全的年轻大象对同伴发起挑衅，顽皮的小象精力过剩地跑来跑去，刚出生不久的幼象又安静又呆萌，让人想去捏捏它的长鼻子。大象妈妈正在享受它的晚餐，幼象在它粗壮的腿间甩着小长鼻子拱来拱去，不知道是在讨好还是在撒娇。更有趣的是，旁边另外一只小象似乎对此十分不满，满肚子委屈化作羡慕嫉妒恨，时不时嗤几声粗重的鼻息。大象妈妈好像对这种情景司空见惯，不理不睬，只管享用自己的晚餐，任由两个小家伙自己闹去。

在塔兰吉雷草原，大象家族众多，这样的场景很容易看见。它们在树丛中休憩，在水塘边汲水，在泥潭里打滚，在夕阳下行进。近距离观察，你会看到晦涩粗糙的皮肤下，这些庞然大物长着一双无比单纯的眼睛，你还会看到长长的鼻子下，它们弯弯的眼睛仿佛在笑——我想那一刻，你一定会爱上它们的。

除了象群，塔兰吉雷另一道奇特的风景是白蚁窝。跟想象不一样，白蚁窝不是藏在地底，而是隆起在地面。在大树和灌木之间、野火烧过的焦土上，可以看到许多隆起的土丘。如果导游不讲，我怎么也不能把这些土丘和蚂蚁联系起来。神奇的大自然就像阿里巴巴的山洞，藏着太多不可思议的秘密，让人叹为观止。

这些白蚁窝的直径通常在1米左右。渺小如斯的蚂蚁，怎么能垒砌出如此宏大的巢穴，它们是怎么做到的？有一个假设很有趣，说如果把白蚁放大到人类的尺寸，那么白蚁巢穴大概有1万米高，超过了珠穆朗玛峰的高度。这些神秘的巢穴里，有着怎样一个大千世界？

回来后我查阅了一些资料。在自然界中，已知白蚁的种类将近3000种，绝大多数生活在非洲、大洋洲的原始森林里，以木纤维为食。白蚁通过咀嚼泥土堆砌蚁丘，其硬度之高堪比混凝土。在蚁丘内部，由于细长的通道从顶端通向底部，空气在通道中被加热或冷却，从而保持了蚁穴内部温度和湿度的稳定。非洲草原上那些高高耸立的白蚁穴，内部温度通常保持在30摄氏度左右。你要知道蚁穴外的温度，白天有时高达40摄氏度，夜晚则可能降至0摄氏度。白蚁发明的这种不需耗能的天然空调，引起了很多建筑设计师的关注和兴趣，并将其应用在人类住宅的设计中。

落日沉陷，暮色初起，天空呈现朦胧的暗红。我觉得这个时刻天空像镜子一样开始慢慢翻转，这面暗下去，另一面亮起来。好像这个原野刚刚睡去，另一个原野准备醒来……

这树屋仿佛是有生命的，
有自然的呼吸，有大地的心跳。
于是这一夜我的梦抵达了很远的地方，
那里银河迢迢，星星闪耀。

树屋酒店

我歌月徘徊，我舞影零乱

时间倒回60多年前。1952年2月5日，当时还是公主的伊丽莎白二世与新婚夫婿菲利普亲王在树屋酒店享受他们的蜜月旅行。突然传来消息，父皇乔治六世驾崩，由她继任女王。上树时还是娇俏公主，下树时已是尊贵女王。那一刻，悲喜交集。

"上树公主，下树女王"的佳话让树屋酒店声名鹊起。可惜订不到女王住过的树屋酒店。但是"树屋"这个词让我魂牵梦萦。树上的屋子是什么样？上树睡觉是怎样的体验？后来在坦桑尼亚的塔兰吉雷订到了一间树屋酒店，总算圆了一回我的树屋梦。

越野车穿行于黑黢黢的荒原时，暗夜的阴冷像海浪一样包围着我们的车，包围着我们柔弱而渺小的空间。旷野有一张毫无表情的脸，两道车灯被黑暗吞没，让我感觉这点光摇摇欲坠，随时可能熄灭似的。我的脑袋里被抛锚、迷路、劫持、逃跑这些乱七八糟的臆想充斥，心里一阵阵发凉。直到树屋酒店梦幻般的灯光映入眼帘，顿觉安心了。

车子刚停稳，酒店服务生已经笑吟吟站在入口处，递上温热的毛巾和香甜的果汁。我伸了一个大大的懒腰，打着哈欠走进大堂。

四下一看，这个大堂跟别的地方不一样，它的四面是通透的，有顶没有墙。前台背倚两株贯穿屋顶的猴面包树。四面有立柱，中间的篝火边围着一圈木质沙发，上面有彩色的布垫。桌上架上，梁上柱上，有枝条、藤蔓和花草的柔曼，把造型各异的马赛面具衬托出几分神秘……

晚餐是露天烧烤。餐厅也不是真正的厅，而是用树枝隔出的一片空间，可能是为了找平，地上铺了一层白色细沙。树屋酒店就是要把大自然全盘托出，让你忘掉所有坚硬的线条，回归素朴的柔软。树影婆娑，洁白的月光缓缓流到桌上、餐具上、酒杯上，流淌到每个人的脸上，让一切发出幽微的光。然而中间一堆篝火截断了期期艾艾的月光，熊熊燃烧的火光把旁边的自助餐台照得很明亮。黑人厨师穿着白制服戴着高帽子，笑起来的时候，露出一口洁白到闪光的牙。

铺着雪白桌布的餐桌干净整洁，铮亮的烛台摇曳着烛光。玻璃杯晶亮，质地良好的餐盘刀叉摆放得一丝不苟。服务生一边拉开椅子一边对你微微颔首。烤肉的香味让我饥肠辘辘，美酒佳肴让我耳热心跳。马赛村民歌舞正酣，他们表演跳高。惹人注目的一个身高超过二米的瘦高个马赛男人，往那儿一杵，鹤立鸡群。他并不参与跳高，只负责击节助威，包括回应游客的惊叹和问好。旅途中这样的时刻令人百忧皆忘。我们品美酒、吃烤肉，欢呼喝彩，醉意飘摇。此时此刻，欢乐是唯一的主题——但使主人能醉客，不知何处是他乡！

吃完饭，黑人保安亦步亦趋护送我们回房。树屋倚树而建，我们沿着木板搭起来悬挂楼梯爬到树上，睡觉前需要放下用来阻挡野兽的隔板。这些被安放在旷野中的树屋，和地上长出来的大树融为一体，带着一股森林的清香。这里没有通信和网络，房间里的步话机是联系前台的唯一方式。出于安全考虑，夜幕降临以后，所有客人往来于大堂、餐厅和树屋之间，都必须有保安一路跟随。

拧开灯，满室清幽的光。房顶和墙面是柔和温暖的褐红色调，柔和、安宁。所有东西都是原木质地，没有过多雕饰。床、柜子、沙发、衣架都保留着不规则的形状和深浅不一的木色，床单和枕头溢满阳光的味道。木质洗手台上面，用木框镶嵌了光洁的镜面，质地优良的铜质花洒，显露出低调的奢华。四围有厚实的乳白色帆布包裹，起到遮光的作用。帆布上每隔一段都装有环形拉链，拉开拉链，卷起一角往外看，深邃的旷野点点星光。

这树屋仿佛是有生命的，有自然的呼吸，有大地的心跳。于是这一夜我的梦抵达了很远的地方，那里银河迢迢，星星闪耀。

清晨，被鸟鸣唤醒。卷起帆布墙，在蝉翼般透明的薄膜下，树屋成了一个可爱的圆形玻璃球，被温暖的阳光爱抚。猴子在旁边睁着大眼望着你，两只长颈鹿在树屋下面踱步，山坡上有大群羚羊和斑马，水塘边大象带着小象喝水。我和同伴光脚站在洒满晨光的露台上，被这美丽的景象惊呆了。

晨曦初绽的草原上，树屋恍若童话。

当大片火烈鸟翩然腾空的时候，
又带给你一种错觉，
好像红霞不是从天空坠落，
而是从河面升起的。

恩戈罗恩戈罗

红艳凝香露，云深不知处

都说非洲是摄影家的天堂。我先生算是一个资深的摄影爱好者，从大学时代就开始玩摄影。几十年来，从黑白120到彩色135，从老式海鸥相机到佳能尼康莱卡大画幅，他都玩过。当胶卷被数码存储卡取代后，成本迅速降低，他的摄影热度越发高涨。所以，当他前几年来到非洲，在纳库鲁湖畔面对云霞般燃烧的火烈鸟时，不加选择地猛按快门，竟然在数码相机里留下了几百张红鸟烈焰图，实在惊到了我。

从踏上东非的土地开始，那绯红色的画面就一直在我脑海里萦绕。遗憾的是，纳库鲁让我们扑了个空。先生相机里那些烈焰红霞的画面不复存在，湖畔的弗拉明戈舞烟消云散了。不过谁能想到呢，在恩戈罗破火山口，我们看到了数量庞大的火烈鸟群，弥补了这份遗憾。旅行就是如此，遗憾和惊喜总会交替出现。

湛蓝的天、湛蓝的湖、远山如黛，蜿蜒的河岸呈现出一种朦胧的、流动的、让人无法忽视的淡粉。这里是火山口的咸湖，大量火烈鸟聚集在对岸。远远望去，只觉得是天边坠落的大片红霞。据说火烈鸟有一个习性，一旦遇到同伴惊飞，周边的鸟儿也会不假思索

地展翅而起。因此当大片火烈鸟翩然腾空的时候，又带给你一种错觉，好像红霞不是从天空坠落，而是从河面升起。

火烈鸟的学名是"红鹳"，非洲的红鹳分大小两种，以小红鹳居多。火烈鸟群居，以水中的藻类和浮游生物为食。因为数量庞大，需要消耗大量藻类食物。我们在纳库鲁湖畔扑空，有一个重要原因就是因为湖水暴涨导致藻类单位含量骤减，食物匮乏的火烈鸟群不得不迁徙。科学家研究发现，红色本不是火烈鸟最初的羽色，而是藻类中蕴含的微量元素使它在进化的过程中逐渐变红。而且红色越鲜艳，说明火烈鸟的体格越健壮，越能吸引异性，繁衍的后代更加优秀。

此刻是观鸟的最佳时刻。岸边，水中，到处都泛着迷人的红晕。水光莹莹如幻，羽翼翩翩如梦。火烈鸟线条流畅的脖子和修长纤细的双腿都是红色，头上的羽翎更加深红。它们双翼合拢的时候是朦胧的淡粉，羽翼展开的时候，黑红羽色艳丽夺目，再加上水光赋予的光晕和倒影，可谓如梦如幻。人们之所以把火烈鸟和弗拉明戈舞相提并论，一方面是色彩，一方面是姿态——这些精灵的优雅和美丽的确配得上这个词。恩戈罗湖畔被火烈鸟披上一层柔美的玫瑰纱幔，唯美浪漫的气息从天边流淌到每个人的心间。

"恩戈罗恩戈罗"听上去跟唱歌似的，音调颇具律动感。问了导游，知道在非洲话里它是"大洞"的意思。不过恩戈罗恩戈罗火山口不像一个大洞，而更像一个大盆，被周边6座海拔3000米以上的高山围住的一只巨盆。800万年前，在地心的巨大压力下，东非大裂谷地壳下的熔岩从断层的薄弱处不断喷出，形成一连串的火山，即东非火山口高地。最后一次火山喷发使原本锥形的山头塌陷，形成了恩戈罗恩戈罗火山口。火山口最高处海拔2286米，直径1.8万米，宽度14.5万米，深度610米，底部面积达160平方公里。

令人惊叹的是，这方圆100多平方公里的火山口自成体系，将草原、森林、丘陵、湖泊、沼泽各种不同的地貌囊括其中，形成了一个相对独立的生态系统。高山森林围抱下，底部的恩戈罗恩戈罗是沉寂而宁静的。只有当草原的上升气流从巨盆边缘吹向蔚蓝的天空时，高地上的树丛在劲风中摇摆，山谷发出嘶嘶啦啦的声音，才会打破这份宁静。大多时候，这里的生活波澜不惊。

每天，当第一抹天光照亮恩戈罗恩戈罗的树林时，草原和沼泽苏醒过来，流水潺潺，黑头鹭兀自梳理羽毛，对着水面顾影自怜；白鹈鹕刷刷飞起，惊起大片苇叶。动物们也出来了。你慢慢可以分清那些流动的黑点，哪些是角马，哪些是羚羊，哪些是斑马。树林子里也有了响动，草丛里有鸟雀的鸣叫。路上突然窜出几只精悍的疣猪或者丑陋的花斑鬣狗，边走边警惕地回头。

即使在旱季，恩戈罗火山口内的水源亦不缺乏，因此这里动物的数量和种类都庞大得惊人，大约有3万只。其中哺乳动物超过50种，包括狮子、大象、犀牛、河马、长颈鹿等。鸟类超过了200种，包括鸵鸟、暗棕鸥、黑雕、珍珠鸡等。生态的完整，物种的多样，让恩戈罗恩戈罗成为东非野生动物世界一个完整的缩影。

浓郁的阿拉伯风情被海洋的暖风送到身边，
陌生而遥远的魅惑，
在潮涨潮落中波光流转。

桑给巴尔岛

风携丁香雪，与梦俱明灭

　　从坦桑尼亚人嘴里听到"大陆"这个词，让我感觉很新奇。实际上，坦桑尼亚国名中的"坦"和"桑"是分别有所指的，"坦"是指位于内陆地区的坦噶尼喀，而"桑"指的便是印度洋上的桑给巴尔群岛。

　　桑给巴尔的历史可谓曲折交错，血泪斑斑。桑给帝国曾被波斯设拉子人统治长达500年，1499年沦为葡萄牙的殖民地。葡萄牙人从非洲掠夺象牙、黄金、玳瑁，从远东中国购进丝绸、茶叶、瓷器，从东南亚购进香料，把桑、巴两岛变成货物的集散地和往来船只的后勤供应基地。1652年阿曼苏丹赛义夫率领战舰强攻桑给巴尔，处死了包括总督在内的殖民者，并于1698年把葡萄牙人彻底赶出了东部非洲。此后近一个世纪，桑给巴尔成为阿曼苏丹海外战略要地和重要堡垒。

　　18世纪末和19世纪初，由于南北美洲种植园需要大量奴工而迅速扩展起来的奴隶贸易，使桑给巴尔成为进入非洲内地掳掠奴隶、象牙贸易路线的中心要站，同时也成为椰子、丁香等食料资源的重要产地。1832年阿曼苏丹将桑吉巴设为首都。今天的桑岛上仍然保留着昔日的苏丹王宫。

1861年桑给巴尔宣布脱离阿曼，成为独立的苏丹国，实际上却长期为英、德所瓜分和控制。1963年，桑给巴尔脱离英国殖民，建立桑给巴尔苏丹国。随后发生军事政变，桑给巴尔很快与坦噶尼喀合并，成立了坦桑尼亚联合共和国。合并后的桑给巴尔实行高度自治，不仅经济独立，还拥有自己的政府、议会，包括民选的总统和自己的军队。

曾经以"苏丹""殖民""奴隶""丁香""政变"这些词闻名于世的海岛，桑给巴尔这个名字，仿佛不能摆脱"罪恶""传奇"这样的字眼，和它的身份一样，始终挥不去沧桑和神秘的味道。

踏上桑岛的土地，一路以来的非洲大地上狂野的风情突然转换，而且转换得十分彻底。夕阳中的桑岛洋溢着梦幻般的气息——蔚蓝之中的白色钟楼、桑斑驳的石头城、幽深纵横的狭窄小巷、华美繁复的阿拉伯木门、庄严静穆的老旧清真寺、穿白袍的男人和蒙头巾的女人……一切都全然不同了。浓郁的阿拉伯风情被海洋的暖风送到身边，陌生而遥远的魅惑，在潮涨潮落中波光流转。桑给巴尔的居民98%以上信奉伊斯兰教，或大或小、或华丽或简陋、或堂皇或玲珑的清真寺四处林立，遍布这片土地。

"我心已被撕碎，再无任何希望。"一首流传至今的奴隶之歌讲述着桑岛不堪回首的黑暗历史。桑给巴尔岛被称为一部"活的奴隶史"。它的奴隶贸易始于17世纪前，在18世纪末19世纪初逐渐发展成为东非最大的奴隶贸易港。每年有超过4万名黑奴从非洲大陆的坦葛尼喀，甚至刚果、马拉维、乌干达等地贩运而来，在此进行交易买卖。买家在奴隶市场选购奴隶，把他们像牲口一样押到狭窄逼仄的船舱中，运往印度、海湾地区和欧美国家。

作为世界上最后一个大规模奴隶交易市场，如今这里依然保留着"奴隶堡"和"奴隶洞"这样一些遗迹，包括1873年在奴隶交易市场原址上建造的"英国圣公会基督教堂"。它们时刻提醒人们不要忘记那段屈辱和血泪交织的历史，不要忘记得来不易的和平、民主、自由和尊严。

在城北马鲁呼比码头上，可以看到一堵厚约二米、高约三人的斑驳石头墙，墙壁上完好地保存着当年用来锁奴隶手脚的铁链和铁环，尽管已经锈迹斑斑。当年的黑人奴隶被运来后就拴在这些铁环上，羸弱的死掉或者被杀，精壮的被押到交易市场上像牲口一样买卖。城东一隅保留着用石头砌成的"奴隶洞"，海水涨潮时，帆船可以直接停靠墙边的洞口，奴隶们从洞口被推上船，与热带木材、黄金、香料、象牙一起运往波斯、印度和美洲。据不完全统计，1600年至1873年之间，大约有450万名黑奴从这儿运走。如果加上走私贩运的黑奴，这个数字会更加惊人。一幕幕残酷血腥的场景，仍然历历在目，触目惊心。

穿行于石头城盘根错节的巷陌间，就像走进了《一千零一夜》的神秘故事里：夕阳下古老陈旧的苏丹王宫、阿拉伯风情的建筑和繁复精美的木门、狭窄幽深的小巷、喧闹杂乱的集市、擦肩而过的穿白袍的男人和蒙面巾的女人。他们的白袍拂过一扇扇斑驳的桑给巴尔门，拂过象征信仰、财富、安全和生殖能力的莲花、鱼、锁链和乳香的木刻雕花，拂过门上凸起的一排排金黄耀眼的铜钉。与中国官府大门上的圆形铜钉不同，这些铜钉大都是尖的。据统计，石头城里共有500多扇建于19世纪的古董门，被称作"桑给巴尔门"。

其中最古老的一扇雕花木门建造于1695年，现陈列于"桑给巴尔博物馆"。

午后的街道寂然无声，连阳光都寂寞。偶尔有白袍男人和黑纱蒙面的女人匆匆走来，在街巷最狭窄的地方和你错肩。方寸之间似有香气弥漫。循着味道看去，却是一间不起眼的售卖香料的小店，幽幽香气正兀自飘散。

桑给巴尔岛被称为"世界上最香的岛"。自1832年开始，苏丹为了讨好欧洲殖民者，驱使奴隶砍伐森林，在岛上种植了上百万颗椰子树，同时规定一棵椰子树必须搭配三颗丁香树，否则给予重罚。于是，在这2600平方公里土地上，生长出了500万棵丁香树。每到丁香花开的季节，连海水都被丁香染香了，熏醉了。桑给巴尔岛的丁香产量一度占到全世界丁香总产量的80%——世界最香的岛不是浪得虚名啊！

迎着晨曦，我们去寻访海豚。桑给巴尔城不大，从北到南，开车只需一个半小时。一路上有秀美的椰子树和油润的芭蕉林，有树荫掩映的农舍小屋，裹了头巾怀抱婴儿的女人坐在摆满椰子、土豆、西红柿的摊位边守摊。导游介绍说这里的椰子有大小之分，大椰子用来食用，小椰子用来制作椰子油。椰子油用处广泛，可以炒菜做饭，也可以用做女人的头油。

天气太好，湛蓝的天空干净清冽，投影在深邃的大海中，奶白色的沙滩细腻柔软。海水的颜色有些魔幻，不是单一的蓝、单一的绿、单一的粉、单一的紫，怎么形容呢？它们似是而非又层次分明，随阳光的变幻重叠、递进、融合。像是调皮的天使偷了上帝的调色盘，东一下西一下，随心所欲地挥舞和泼洒色彩。风呼啦啦吹过，细碎的波光被撩拨得柔情泛滥。

　　桑给巴尔近海生活着大量的海豚。这些海豚属长吻真海豚，又名瓶颈或瓶鼻海豚。黑人船夫都是极有经验的渔民，他们让快艇稳稳飘在海面上，你可以尽兴一边数着流云，一边和旁边船上的游客说笑聊天。一旦渔夫犀利的眼睛捕捉到海豚的影子，这快艇便"呜"的一声弹射出去。船夫们一边操纵船只追逐海豚，一边鼓励游客跳下船去，他们大声喊："Jump! Jump！"心急的游客几乎来不及思索，争先恐后地跃入海中，向那些近在咫尺的海豚扑过去……这无比欢乐无比刺激的画面不断上演。那一刻浪花和阳光也在跳跃，扑通扑通的入水声和旁观者的惊叫、喧哗、欢呼交织在一起，与水花一起四处迸溅。海豚一般三五成群地出现，逗弄着这些企图逗弄它们的游客。黑色影子精灵般蹦出水面，时不时出没在你的眼前、身边，然后在你根本来不及触摸到它们滑溜的身体前，轻灵敏捷地摇动鱼尾，隐入大海深处。

　　夜色降临，桑给巴尔悄然隐匿于尘世之外。海边酒吧灯火阑珊，海面在摇曳的光影中呈现出极其深邃的宝石绿，在这宝石绿中又飘浮着几只黄色小木船。恍惚中望过去，我觉得它们不像是漂在水面，更像悬浮在半空。船上的渔民在夜里撒网捕鱼，一边劳作，一边朝倚在酒吧栏杆边的我们挥手。

　　我在黑暗里对着他们微笑。就算彼此看不见，能够一起沉醉在这如梦、如幻，美得不太真实的真实中，也未尝不是一种缘。

这片黑土地美丽神秘的诱惑，
像一场场连环游戏，
更像一个没有终点的约会，
让我产生出漫步云端的感觉。

达累斯萨拉姆

看难迁之都，望自由之路

此行最后一站，是坦桑尼亚的旧都：达累斯萨拉姆（Dar es Salaam）。

过去的这些天，我们从广袤的动物王国和自然风情的森林岛屿中一路走来，心情此起彼伏，惊喜连绵。这片黑土地美丽神秘的诱惑，像一场场连环游戏，更像一个没有终点的约会，让我产生出漫步云端的感觉。此刻站在耸立的高楼、喧哗的街道、拥挤的车流、汹涌的人潮里，回归到尘世的生活和真实的场景中，我竟然感觉有些不适应了。

上下班高峰期，达市的交通拥堵非常严重。路上最多的是日本车，老式而陈旧，尾部嘟嘟嘟往外冒黑烟。车水马龙中，身材粗壮穿着制服的黑人女警察，站在十字路口挥动手臂疏导交通，浑身透着一股"巾帼不让须眉"的女汉子味道。

达累斯萨拉姆是东非第三大港口，坦桑尼亚共和国旧都，人口约400万人。之所以称旧都，是因为早在1973年，基于开发内陆经济和国防安全的双重考虑，坦桑尼亚议会经过反复论证，决定把首都迁往内陆城市多多马。然而40多年过去，迁都事宜却没能顺利完成。事实上，达累斯萨拉姆作为这个国家政治经济文化中心的地位，从来没有被撼动和改变。徒有其名的多多马，至今依然保持着朴素宁静的乡村风貌。

达累斯萨拉姆是非洲班图语和阿拉伯语的混合语词汇，意为"和平之地"，建城于1862年。城市建筑混合了非洲本土班图文化、阿拉伯风情以及德国和英国殖民者因素，既有欧陆的高大敞亮、教堂的玻璃百叶，也有中东的天井回廊、印巴的雕画门窗。有祭奠一战期间阵亡非洲将士的"阿斯卡里"纪念碑、微型东非热带植物园、不同部族建筑风格的"乡村博物馆"，展有360万年前最古老人类足迹化石的国家博物馆、老议会大厦、在抗疟疾病和结核病史上有过突破性发现的海洋路医院、前英国总督府（现总统府）、路德派基督教堂、圣约瑟夫天主教堂、德国要塞和市政厅……这些地方和这些名字，都隐隐透露着这个城市变迁的历史和复杂的基因。

这里的生活用一句话即可概括——"穿衣三块布、吃饭一棵树"。穿衣三块布是指一块缠头、一块束胸、一块围腰裹臀，很形象地描述了当地人的穿衣风格。吃饭一棵树是指芒果、木瓜、香蕉、菠萝这些遍地都是的热带水果，它们被做成各种菜肴或主食，成为人们日常餐桌上主角。比如香蕉的种类就有甜蕉、芭蕉和绿菜蕉等几种，甜蕉用来生吃、做饮料或酿酒；芭蕉做菜，可以炸、炒、烤、蒸；绿菜蕉有六七寸长，煮熟后的味道类似土豆或芋头，一般用作主食。

达市的中国餐馆也不少。我们循着香味走进一家专营粤菜火锅的中国餐馆。精明干练的老板娘操着一口广东普通话上前迎接。一边安置座位，一边奉上热茶，一边询问喜好和忌口，三下五除二就把锅底、汤料、菜品、蘸料、点心、饮料都安排得妥妥帖帖，让我们一路饥渴的中国胃，在这锅热气腾腾的火锅里得以充分抚慰。店里的服务员都是黑皮肤的当地人，就餐的顾客却有不少白皮肤的欧美人。看着老板娘爽利的背影和笑脸，我在心里暗暗赞叹：在远离故土的黑土地上，我们的同胞把离乡背井的日子调成了一锅香喷喷的火锅，活色生香啊。

坦赞铁路火车站位于达累斯萨拉姆市中心，是一幢典型的长方形苏式建筑，和我们国内一些老城里的火车站相似。苏式屋檐下挺立着一排高大的立柱，旁边是中国20世纪60年代最常见的镂空窗户。候车大厅分上下二层，一层是售票窗口和货物托运处，空荡荡的大厅里人迹寥寥，触目所及不是掉了漆的墙壁，就是缺了砖的楼梯。走上二层，一排排陈旧斑驳的座椅在地上投下无精打采的影子，与同样无精打采的站台默然相望。陈旧的铁轨、锈蚀的车头，所有的一切都在哀怨地诉说时光的流逝，以及世事沧桑……

坦赞铁路全长1860公里，东起坦桑尼亚的达累斯萨拉姆，西至赞比亚中部的卡皮里姆波希，一路穿越高山、峡谷、河流以及茂密的原始森林，是贯通东非和中南非的交通主干线。以当时的技术水平和条件来看，这项工程的浩大和施工难度超乎想象。1970年至1976年，中国政府在国力并不强大的情况下，勒紧裤腰带为非洲兄弟提供援助。我们提供了约10亿元人民币的无息贷款，发送设备材料100万吨，派出工程技术和管理人员5.6万人次，而且，还付出了64位同胞生命的代价。坦桑尼亚前总统尼雷尔曾经这样说："历史上外国人在非洲修建铁路，都是为了掠夺财富，而中国不是，他们是真正抱着帮助我们发展民族经济的目的。"

　　历经40多年的风风雨雨，作为中非友谊有力的见证，如今满目疮痍的坦赞铁路仍在运行，但当年的光鲜和辉煌已踪迹难觅。因为资金短缺、年久失修、运力不足、管理不善各方面原因，这条承载过辉煌历史的"非洲自由之路"已经衰败寥落，风采不再。据说有一次，一列火车因为故障停车，由于管理系统的陈旧瘫痪，调度人员竟然无法确定它抛锚的具体位置。为了避免严重事故发生，急切之下只能开着汽车一路追踪过去，以至闹出"开着汽车找火车"这样的笑话。

　　我站在寂寥的站台上，望着残破锈蚀的铁轨，脑子里涌出了一个个问号：这条曾经风光无限的"自由之路"，未来还有没有可能重拾辉煌？

尾声

走不出的非洲

东非之行过去几年了。但那些像风一样驰骋的日子，每一个眺望和回眸，每一次狂喜和感动，依然在刷新和冲击着我的心灵。很多静谧的时分，我在记忆里一次次把它们串起来，串成熠熠发光的珠链。珍爱着它。

毋庸讳言，交通基础设施的匮乏、社会治安的欠缺、旅游管理的隐患，东非旅游仍然有很多无法回避的明伤暗疮。即便如此，东非之行留在我记忆中的，却是那些极尽绚烂、温情和美丽的画面。茫茫荒原、悠悠湖水、迢迢山谷、浩荡丛林、"野生"的酒店、神秘的部落、奇妙的动物世界、多彩的异族文化……我无法忘却随风起伏的长草，无法忘却金合欢树下的长颈鹿，无法忘却夕阳中穿越草原的象群，无法忘却惊心动魄的捕猎瞬间，无法忘却落日晕染的魔幻……最无法忘却的，是那场心灵的放逐、精神的撒欢，把自己放在原始而本真的自然中，捧出对生命最诚挚的礼赞。

所有这些，让我对这片土地的思念和向往越来越深，越来越长。

在《走出非洲》一书的开篇，凯伦用饱蘸深情的笔墨倾诉了她无法走出非洲的心情。她写道："如果我听到了一首属于非洲的歌，想起夜空下的长颈鹿，和它背上那轮非洲的星月……那么非洲，你是否也听到了我的声音？"

就在提笔写下这些文字的此刻，我突然意识到：原来我的心，也没有走出非洲。

辑叁　陌上花开缓缓归

时光旅人

女孩子们头上身上腕上常常佩戴兰花，
和泰式风格的长裙一起从你眼前飘过，
有着天边彩虹的迷幻。

泰北玫瑰漫游记

很早就听说清迈这个地方，是因为很多年前邓丽君的意外离世，让许多目光投向这个籍籍无名的泰北小城。世人方知此地是她生命最后几年频频光顾、来了就不想走的地方。盛名之下，邓丽君深爱着这个小城粉黛不施、铅华洗净的自然、纯净、清新和宁静。见过红尘滚滚，经历了世事沧桑，漂泊的她终于在生命中的某一刻，认领了这个偏安一隅的小城，认领了属于她灵魂的归宿和原乡。

我们先在曼谷短暂停留。作为泰国首府，曼谷不可避免有着国际化都市的共同特点：喧嚣、嘈杂、歌舞升平。与北上广的繁华发达相比，它显得滞后、拖沓、杂乱无章，中国随便拎出一个二三线城市也比它规整气派。不过因为千佛之地的信仰之光，因为繁盛的鲜花簇拥着神像，因为湄南河畔不同肤色不同语言的繁杂，因为钢筋大厦和斑驳民居的不协调混搭，倒让人感觉多出几分更接地气的方便和从容来了。

交通拥堵一直是曼谷最大的痛点，也成了有趣的看点。绘着五颜六色卡通图案的公共汽车、私家车、摩托车、突突车夹杂在一起，穿行于市中心的繁华地段，穿行于砖房、铁皮房、木房、茅草房与大大小小的寺庙之间，穿行于布满杂乱光缆线的陈旧民居和狭窄街巷。曼谷没有地下铁，架在空中的轻轨直接通向购物中心，有时让人生出一种行走在半空的感觉。深夜，站在高处眺望湄南河

两岸的灯火，24小时不打烊的便利店，各种肤色的人，各种艳丽的
花，酒吧餐厅夜店，让曼谷夜夜无眠。可是清晨的曼谷会有悠悠的
钟声，慵懒的猫狗趴在寺庙的门槛边，僧侣的绛红的僧袍拂过墙垛
的兰花。金碧辉煌的大王宫、流金溢彩的玉佛寺、庄严肃穆的卧佛
寺、高堂之上慈眉善目的菩萨，让你仰望再仰望。然而同时，矗立
在嘈杂街头的四面佛，以及更多隐匿于寂寞巷尾的寺庙，不仅仅为
了让你仰望，它们用四面的微笑为你挡住四方的喧嚣。

　　下午二点，我们从曼谷飞抵被称作"泰北玫瑰"的清迈。

【传说和信仰】

　　平均海拔只有300米的清迈，在泰国已经是高原地区和避暑胜地
了，气温比曼谷凉爽了不少。清迈的历史可以追溯到13世纪。1296
年4月14日清晨4点，曼格莱王（KingMengral）带领臣民经过战斗建
立了这个北部王国。以后清迈长期成为兰纳泰王国的都城，成为北
部政治经济文化的中心。由于邻近南部古丝绸之路的分支，在地理
位置上具有重要的战略意义，加上沃野丰饶良田千里，秀丽的湄平
河（Maeping River）蜿蜒随行，清迈逐渐发展为泰国最大的一府、
第二大城，人口约150万人。

　　清迈的城市印象是数量极其庞大的寺庙、堆满街头的热带水
果、繁盛的鲜花、葳蕤的植物，以及僧侣、观光客、慵懒的猫狗、
散落的民居、斑驳的街巷……像雨像雾又像风的清新和纯净，该向
哪里去寻找呢？

　　我们的清迈之旅，是从素贴寺正中央那座金碧辉煌、据说供奉
着佛祖释迦牟尼舍利子的佛塔开始的——在这个佛教的国度，有炊

烟的地方就有寺庙，有佛像的地方就有纯净和安详。相比曼谷的400多座寺庙，清迈拥有的寺庙数量超过千座。"南朝四百八十寺，多少楼台烟雨中"，也许这样的诗句是对微雨中的清迈最典型的写实吧……在这里，行走之处，俯仰之间，你总会为神像佛龛的光辉照拂，学会了低眉敛目，并且在心底生出一番敬畏和庄重。

素贴寺又称双龙寺，位于清迈大学所在的素贴山顶。沿着盘山公路，汽车在热带丛林中攀沿而上。林木密密匝匝，偶尔在山峰的空隙中呈现城市的风貌。据说素贴山上有大片的玫瑰园，现在不是开花季节，我只看到绿油油的青草和绿树，波浪似地一阵阵涌来退去，一直绵延到素贴寺的大门前。下了车，却见车如流水马如龙，很是嘈杂。还好，至少拂过裙摆的风是凉爽清幽的，带着丛林独有的草香和花香。

关于素贴寺的传说纷纭。一说14世纪时泰北发现了佛祖释迦牟尼佛的舍利子，人们将舍利子放在象征圣灵的白象背上，任由白象去寻找供奉之处。白象走到素贴山1685米的山峰处停了下来，大叫三声，四腿跪下。彼时这里芳草鲜美，五色玫瑰如云霞般盛放。神迹显现，信仰之光普照。素贴寺从此站在清迈最高的地方，让万千臣民和信徒仰望。接近它，需要登上300级台阶，沿150米长的双龙身躯蜿蜒而上，仿佛信仰的光辉引导你直入云霄。

寺庙中心高大的舍利塔在明净的湛蓝中散发着夺目的辉煌。金色佛塔、金色伞盖、金色屋顶、金色神像、金色神龛，映照着众多僧侣红色的僧袍——视线之内，处处溢彩流光。据导游介绍，素贴寺内所用的纯金约有242.2公斤。是不是人们认为，只有最闪耀最纯粹的黄金才配得上至高无上的神圣和高贵，最热烈的红才能传达内心最虔诚的信仰？这饱和度极高、对比度极强的金和红，在蓝天白云下带来强烈的视觉冲击和心灵震撼。高山之巅、寺庙之中，青烟缭绕、铜铃声声、木鱼阵阵……你的心会在不知不觉中放下来，脚步缓下来，头也低下来。人，生而渺小，微如尘埃，唯愿在一花一世界、一念一菩提之间，寻找心灵的皈依。于是我们跟随信徒的脚步，手拈白莲，绕塔三周祈祷。经文是完全不懂的，我只在心里默想禅宗的偈语——"身如菩提树，心似明镜台。时时勤拂拭，勿使惹尘埃。"尽管在禅宗看来，这还只是入世的态度，意在明心见性，却仍心有挂碍。可是，能做到这点已是境界了，大千世界，还有多少心灵迷途而不知返。至于"菩提本无树，明镜亦非台"的出世和顿悟，又岂是芸芸众生的你我能够企及的高度？

寺庙殿前，最常见的是清幽的白莲。白莲纯洁，祈求健康和平安。亦有玫瑰。导游说，玫瑰热烈，祈求的是爱情。若看到男人手持玫瑰礼佛，这意味着他即将还俗，祈求远方的爱人心意依旧。泰国人大多信奉小乘佛教。大乘佛教戒律严格，不可还俗不可吃荤；小乘佛教可以还俗可以吃荤，只要心怀补充元气的目的而非贪恋美味。泰国男人普遍有出家修佛的习俗，哪怕工作在身，每年也会抽出一些时间去寺庙修行。短则几天、几周，长则几月，而雇主有义务批准雇员出家修行的请求，当然修行时间可以根据工作需要来商议。

从这里俯瞰，清迈城的全貌尽收眼底。城市、村舍、河流、田地，千百年如此生生不息。即使站在寺庙外面，仍会感觉佛塔的金光照耀着脚下这片土地。寺庙的青烟、群山的起伏、森林的围抱，让清迈这个小城，仿佛躺在母亲怀里的婴孩，做着安详的梦。

清迈可谓寺庙林立，难以尽述。不用查地图，随便走上半小时，你就能遇到大大小小各种不同的寺庙。若有心细细去品味，一定会有不同的收获。信仰早已融进泰国人的血脉之中，成为日常的

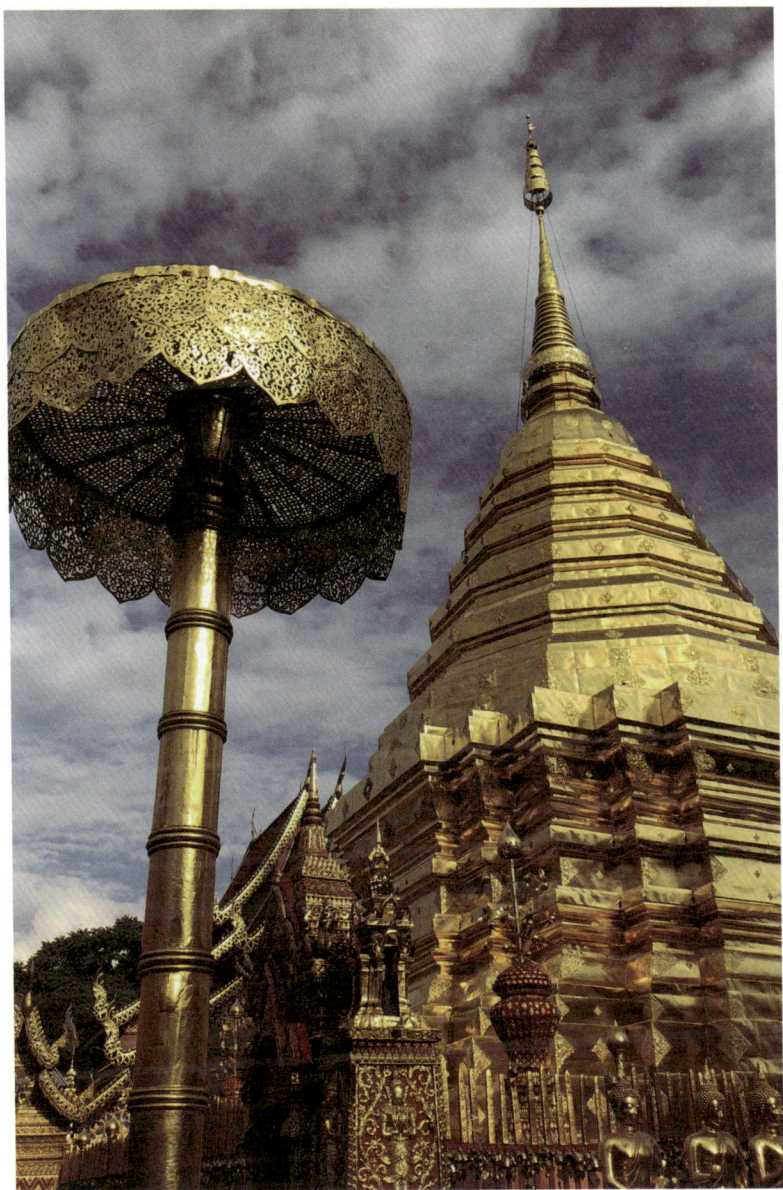

生活方式。契迪龙寺与帕辛寺、素贴寺，并称清迈三大寺，这次我们都拜访到了。素贴寺在山上，被山林赋予了一种远离尘嚣的古雅。帕辛寺在市里，辉煌的镀金大殿内，不仅有金碧辉煌的佛像，还有工艺精湛的木雕和关于佛教故事的壁画，那份细腻精致、栩栩如生，可以让你待上很长时间去慢慢欣赏。

最让我私爱和流连的，是位于清迈古城中心、建于15世纪初的契迪龙寺。它的特别之处不光是金光灿灿的寺庙和神像，而是那座在地震中坍塌损毁的大佛塔。大佛塔至今仍是清迈古城的最高点。它残败的身躯依然高耸而伟岸，被时光赋予的沧桑中有着凛然不可侵犯的庄严，令人肃然而动容。大佛塔呈四方形，是传统的兰纳泰皇风格建筑，原高80多米，现存50多米。佛塔上的六只石象雕刻精美，可是需要仔细辨认，因为只有一只是真正的古迹，其余五只是后来仿制复原的。塔底亦有金龙守护，蛇身莲花纹饰。塔身用红砖层层堆砌而起，四面都有石阶伸向塔顶。层层叠叠的阶梯一丝不苟地向上攀援，它们曾为国王登上最高的塔顶而倍感荣耀。它们何尝想过通天的塔终究还是塌了，连同它们的身躯一道，梦断云霄。

【大象和兰花】

泰国素有"万象之国"的美称。大象与泰国的历史、文化、宗教、经济等各方面的关系都极为密切，被泰国人视为国宝和守护神，也是荣誉、尊贵和力量的象征。

泰国一位历史学家曾说："如果没有大象，泰国的历史可能要重写。"

远了看，泰国历史上几次著名的古战役都与大象有关。古代战争中的大象就像现代战争中的坦克一样，跟随士兵驰骋沙场，驮着武士冲锋陷阵，攻城守地。近了说，在泰国的日常生活中，大象作为重要的交通工具和生产工具也扮演了无可替代的角色。随着泰国旅游业的发展，与大象相关的旅游项目更是蓬勃兴盛，为泰国旅游经济的发展做出了不可估量的贡献。

东南亚的丛林是大象的国度，初到这里的我们，免不了一份探寻和好奇。第一次和大象近距离亲密接触：看它们洗澡、嬉戏，看它们的表演，骑在大象背上漫步丛林。这才切身感受到，看似笨拙迟缓的大象，其实是多么聪慧、乖巧、充满灵性的动物啊——它们不仅会踢足球、掷标枪、做按摩、集体搬木头……最让人惊叹的是，当它们用鼻子衔着刷子作画时，竟有着大师般的从容。

7只大象沿观众席站成弧形，前面有木架支起来的画布，脚下放着五颜六色的颜料桶。驯象师站在一旁，不时帮它们蘸颜料、换画笔。开始我不以为然，想象中大象画画不就像小孩子涂鸦吗？画成什么样大概只能靠想象吧。可是十分钟以后，我开始惊讶了——每张画布上都有了生动的主题，有了清晰的画面。有一只小象，一边作画一边甩着长鼻子东张张西望望，像上课老是走神的孩子。饶是如此，它的画布上也渐渐显示出了蓝天、绿树，以及挂满枝头红艳艳的果实，构图和色彩活泼又热烈。那不像小孩子无心的涂鸦，完全像训练有素的美术系学生的写生。再看另一头心无旁骛作画的大象，显然更加成熟和用心。一笔一画，浓淡深浅，尽在掌控。最后当它完成这幅意境天成、层次分明、流光溢彩的"远山秋景图"时，观众席上爆发出长久热烈的掌声、欢呼和惊叹。这位天才大师的杰作，立即就被一个欧美游客以6000泰铢买走。亲眼所见的情景完全超越了我的想象。表演结束，大象画家们优雅地甩动长鼻子向观众致意，讨小费时卷起纸币频频点地，一对弯弯的的眼睛满含笑意，令人着迷。

回来后我看到网上广为流传的帖子，揭示了大象表演背后的驯象过程有多么残酷、暴烈和辛酸。更有许多动物保护者义愤填膺地呼吁应该抵制大象表演，停止开发这些旅游项目。我为自己的孤陋寡闻而羞愧，也为自己那些浅薄的快乐而羞愧。是的，我们不了解真相，走不进大象的内心，读不懂它们的欢喜伤悲。至少当时在我眼里，每只大象和它的主人之间，都有着亲昵的情感和家人似的依赖，仿佛彼此融为一体难以分离。我们到底有没有权利和资格去评判这一切呢？

其实我有些纳闷，作为玫瑰之城的清迈，为什么很少看见玫瑰的影子。取而代之的却是兰花，它们绚丽繁盛的花枝几乎无处不在，水一般流淌在清迈的大街小巷、屋檐墙边、商铺花台、郊野河畔，让这个小城每一寸空气里都充溢了兰花的芬芳，让这个城市有了兰花的气质。女孩子们头上身上腕上常常佩戴兰花，和泰式风格的长裙一起从你眼前飘过，有着天边彩虹的迷幻。热带地区充沛的日照雨露让兰花开得如此任性，简直可以说肆无忌惮。它们艳丽，却不俗气，或饱满或淡雅，或浓烈或清纯——都是一样的欢天喜地。紫就紫到无邪，粉就粉到滑腻，绿就绿到幽静，白就白到不容一丝瑕疵。还有一些摒弃了纯色，红里面带着粉，黄里面透着绿，绿里面沁着蓝，蓝里面洒着白……尤其你到兰花园里去看那些品类繁多的兰花，据说有上百种，它们一排排一道道瀑布般倾泻而下，硕大饱满的花朵，率性而澎湃，有如一曲曲绵绵不绝的交响。人们潮水般一拨拨来，一拨拨去，当人去影空的那一刻，我又有些疑惑起来——花儿们好似突然屏息敛容，睡眼惺忪，绿色的枝条和长长的根须垂着，无风而微晃，像摇着摇篮的母亲的手。透进来的斜阳有些无聊了。我觉得阳光也会发呆——既不在意花开花谢，也不在意地久天长。

友人唤我。驻足回首间，我想起"东篱把酒黄昏后，有暗香盈袖"的场景。不知900多年前的女词人身临此境，还会留下什么样的佳句。不过于我而言，暗香盈袖这四个字已足够了，足够让我的心荡漾着、微醺着、恬然着、满足着。

美萍酒店是邓丽君在人世游走的最后一站。1995年，她在这里骤然离世，时年42岁。在她生命的最后几年，清迈是她最常来的小城，也是她和法国男友保罗享受甜蜜爱情的地方。

她住过的1502房间一切依旧，百合的芳香充溢了每个角落。当年的服务生跟我们回忆起她，话语神态里面满是欣赏和怀念。他说起她的美丽、优雅、和善，说起她和保罗之间的亲密无间，和所有热恋的情侣一样，他们的爱和幸福像花一样甜美自然。房间里歌声温婉，佳人音容宛在，在照片上故交般望着你，笑意盈盈。23年过去，钢琴、沙发、窗外的河流和景致都在原地，而她，早已魂归故里。关于她的故事，那些荣华富贵、寂寞孤单和恩怨是非，且让它们随风而散吧，只留歌声永远陪伴——她来过、她爱过、辉煌过、温暖过，她曾是人世间多么美好的存在。

【河流和夜市】

船行湄平河上，风携着丛林草木的气味吹过来，驱散了正午的燥热。船头插了一面红白蓝三色小国旗，金黄色花朵簇拥着它。湄平河被称为泰国母亲河的源头，从清迈穿城而过。适逢周末，来河畔垂钓、约会、吃饭、喝咖啡的人很多，沿岸都是餐厅酒吧，鲜花盛放，白色阳伞，彩色桌布依偎着绿茵和波光。一颗颗的大树枝繁叶茂，留一半罩着屋舍和人影，另一半招招摇摇地伸向水边，自恋般摇曳着影影绰绰的倒影。

大家倚在船舷边看风景。不知为何我脑海中浮现出杜拉斯的《情人》中的经典场景：也是这样混沌的河水、刺眼的阳光、陈旧的船舷，戴男式礼帽的法国少女迎上中国情人灼热的目光。杜拉斯说她16岁的时候就老了——青春和爱情在深渊般的贫穷和绝望面前，一文不值。但是当她真的老了，得知当年的情人去世，她提笔写下另一部《中国北方的情人》。在那里面，我们看到她对那段爱情的追忆和沉湎如此诚实，没有丝毫刻意的扭曲和小心的掩饰。在日渐衰老的躯体里，她的灵魂在骄傲地喊叫——那是爱，最原始、最热烈、最卑贱、最高贵的爱！她说："幸福来自爱而不自知。"是的，爱情是她生命的火焰，一生未曾熄灭。直到66岁那年，她在世人的诧异和侧目中与27岁的扬·安德烈走到了一起——以爱的名义。作为痴迷狂热的粉丝，扬爱上的是她的文字。睿智如她岂能不知？她并不糊涂，她知道自己爱上的是爱的感受，唯有此，谁也拿不走，连时间都拿她没有办法。有人说，伟大的作品只能产生于开挂的人生，至少在杜拉斯身上体现得淋漓尽致。

"我已经老了。有一天，在一处公共大厅，有一个男人朝我走来。他对我说：我认识你，永远记得你。那是你还很年轻，人人都说你美。我只想告诉你，对我来说，与那时的面貌相比，我更爱你现在备受摧残的容颜。"无数次读起这段话，我觉得她仍然在星空里含泪微笑望着我们。和张爱玲彻头彻尾冷到骨子里的悲凉不同，杜拉斯一生用燃烧来对抗荒凉。张爱玲的爱是决绝的，爱了，便低到尘埃里焚心燃烧，不爱了，就郎心似铁相忘于江湖。哪有什么云淡风轻，在她眼里，焚心之恋也不过是"一袭华丽的袍，爬满了虱子"。所以到了晚年，张爱玲自己把自己推到世界之外，和她20岁就让人心惊的文字一样，真是"无处话凄凉"了。可是杜拉斯不一样，晚年的她爱得更加飞扬跋扈，很有点"仰天长笑出门去，我辈岂是蓬蒿人"的气概。不然，我们为什么爱杜拉斯？

　　船在丛林边靠岸，我们下船午餐。沿着小径走，热带丛林中花木繁盛，硕果累累。小径尽头是一个纯天然的餐厅。屋顶、柱子、餐桌、装饰全是原木，三面通透，被幽深丛林围抱其中。餐桌全都做成船的形状，仿佛坐在里面吃饭，就会感觉水波荡漾。一旁有秋千、吊床、石磨、簸箕、斗笠、筛子、蒸笼、锄头、砍刀和很多叫不出名字的农家器具。餐厅的角落放着一叶扁舟，船舱里面有半舱西瓜、半舱菠萝，洋溢着一派丰收的喜悦。

　　河边清风习习，树叶被吹得飒飒作响。浓密的树荫挡住了正午的阳光，一点也没感觉燥热。我们的午餐就在这里，谓之"清迈农家乐"。湄平河在身边静静流淌，鸟鸣山谷，风行水上，抬头看见树上挂着青绿的芭蕉、椰子，低头看见地上长着成熟的瓜果和菜蔬，粗糙的木餐桌被投下斑驳光影，丰盛的水果大餐和诱人的海鲜炒粉端上来。德国小哥也加入进来，大家聊得兴致勃勃，欢声不断。其实很多时候，语言的交流根本就是一知半解，甚或对牛弹琴。但此刻我们相信，微笑、表情和动作就是畅行无阻的语言，无可取代。

回程路上大家都不再闹嚷，只望着静静的河水发呆。天是蓝的，河水有些混沌。水里应该有很多鱼，不然不会有这么多人闲坐垂钓。他们不知道自己成了画中的风景。鸟儿的叽叽喳喳，并未打扰狗狗们的酣睡。泰国人因为信仰佛教不杀生，很多人都会拿食物去喂养流浪的猫狗，所以在这里常常看到猫猫狗狗们心无城府四仰八叉酣睡的样子——想必湄平河悠悠的时光，就是这样被消磨的吧！

导游告诉我们，在清迈，大大小小的寺庙有上千座，光清迈城内就有300多座，人们早就习惯了这份晨钟暮鼓，禅意悠悠。清迈的建筑少有光鲜，但很多寺庙仍是金碧辉煌。人们整冠脱鞋，手持莲花香蜡，进到里面跪拜祈祷，日复一日，年复一年。当一张张黝黑的面孔，被神像佛龛的金光笼罩，无论城或人，就有了归属和依傍。包括婷婷的莲、绚丽的兰、熙攘的街市、斑驳的旧房，包括晨曦中的河流、月光下的波光……都被赋予了一种不可言状的神性。人们相信只有这样，太阳底下才会光明普照。尘归尘土归土，湄平河因此源远流长。

周末夜市琳琅缤纷地开启了黄昏。唱歌的跳舞的画画的雕刻的卖艺的，小吃摊、服装摊，工艺摊、特产摊……一路长长地铺展而去。我东张西望，看见娇媚的人妖走过残疾艺人的身旁，觉得画风颇有些怪异。突然，熙熙攘攘的人潮骤然停滞，流动的画面定格，我在四顾茫然中听到乐声响起。无论商贩还是游客，人们都站住不动了。有人跟着乐曲开始唱颂，有人抬头仰望暮色渐浓的上空——原来这是清迈城下午6点的国歌仪式。多么神圣又接地气的仪式啊！

国歌声结束的时候，人们微笑着相互致意，夜市重新迸溅出欢乐的浪花。时间好似湄平河缓缓的水流，流淌着俗世的欢愉。

从夜市出来，我们去体验纯正的泰式SPA。进了门廊，换鞋落座，有女孩子上来捧上香茶。宁静整洁的空间里飘荡着香薰精油的味道，让人身心舒畅。每个人说话都细细软软，走路也都轻轻悄悄。为我和女伴服务的按摩师都是年轻的女孩子，丰满的手臂有着光滑细腻的触感。抹上精油之后，她们或站或跪，或坐或趴，熟练地在你身上点按抹敲推拿翻转。那种刚柔相济，和国内打着"泰式按摩"招牌糊弄人的美体中心有着天壤之别。一小时的舒经活络，一扫疲惫，倍感轻松。

没想到出来竟然迷路了。

沿着导游交待的路线走了快半小时，还没看到她说的7分钟就可以走到的酒店。好在我们三个女人，有说有笑边走边聊，并不觉得漫长。突然，在女伴一串惊慌失措的尖叫里，我看见一只硕大的老鼠，箭矢般窜进人行道的栅栏边，很快便隐没于树丛和夜色里。花容失色的女伴捂着胸口，语无伦次地念叨："天啦，老鼠！那么大！居然、居然从我的腿中间挤过去，你们相信吗？它居然，居然踩了我一脚！天啦，那么重，天啦，太可怕了！"

我忍不住笑起来："看见了，估计你也把它吓得够呛，可怜的泰国老鼠啊。"

我还想调侃几句，却看到着实受了惊吓的女伴眼泪都下来了。这才知道什么叫人有软肋。我赶紧把玩笑憋回去，轻言安抚一番，她才算慢慢缓过来。

等这场老鼠风波过去，不辨方向的我们发现好像已经走得太远。四周灯火渐暗，好像是一个老旧的居民区。异乡的夜色里，完

全陌生的街巷和道路，让我们生出几分惶恐。

一个男人坐在门口玩手机，我凑上去递过标有泰文地图的酒店名片。一句英语都不会的他翻来覆去看，却似乎也没看明白。但是男人并没有摇头耸肩表示无能为力，而是关掉正在玩的游戏，退回主屏幕，点开谷歌地图，一字一字输入卡片上的酒店名称。试了很多次，不知是手机还是网络不给力，地图竟然显示不出来。

我们谢过他，继续找路。路边有个烧烤摊，端盘子的年轻女孩接过卡片，转身咨询正在炉子旁烤肉的男孩，两个人比比划划用泰语交流着。随后女孩扬手招呼一位女士过来，原来这是一位会讲中文的女士。我们立刻有了他乡遇故知的亲切感。三个人开始讨论这张卡片，最后懂中文的女士指点着告诉我们：酒店应该往那个方向，在前面的十字路口左转然后再右转。怕我们还不清楚，她又跑过去叫来另一位中年女士，中文讲得更加标准流利。这位女士非常肯定地说这样走没错，并且热情地指点我们：清迈没有出租车，这么晚了，你们可以坐突突车回去。上车就把名片给司机看。这个路程一个人大概二三十泰铢就差不多了。

太贴心了。依照指点，我们招手叫了一辆突突车回酒店。司机亦很负责，直到看我们走到酒店门口，才调转车头消失在夜色中。

灯火阑珊的街头，这些清迈人友善而热情的笑脸深深地留在我的心里。清亮的月色让清迈在异乡的距离感之外，有了一种深入人心的温情，缓缓荡漾开来。

月亮之下，古城之上，被称为"泰北玫瑰"的清迈，正散发出迷人的芬芳。

【宁曼路】

寺庙、鲜花、藤蔓、夜市、美食、临河的咖啡店、摆满佛像和工艺品的餐厅、心里装着信仰脸上写着热情的人……这个城市仿佛掩映在一幅幅微风荡漾的画框中，慢慢地入了眼入了心。平易近人的物价，和斑驳低矮的房舍一样让人放松下来。清迈需要你的脚步轻一些、慢一些、远一些，去走进它，去观察它，那么它的感性和清新就会像花一样，在你眼前慢慢地绽放。

返程当日去机场前还有一些时间，留给了文艺小资们最爱的宁曼路。到哪儿一看，果然名实相符，是一条宁静曼妙、文艺风浓郁的路。主街纵深很长，左右两边密布很多横向小街，共17街，像一颗大树分出许多枝丫。

宁曼路是泰式小清新的典范，也是清迈最潮流最时尚的地方。一家接一家的店铺，咖啡、酒吧、餐厅、画廊、手工艺店、服装店、陶瓷店、布艺店……错落、散漫、安宁，有着淡妆浓抹总相宜的味道。在这里能淘到平价设计师品牌的服装，也许还能淘到独一无二的艺术家作品。就算什么也不买，也可以去网红咖啡厅要上一杯咖啡，看云游走天涯，听风吹过树梢。令我有些惊讶的是，几乎所有店主都会用半生不熟的中文告诉你："这里可以用支付宝。"

宁曼路兼具小清新和后现代的格调，常常在不经意间拉住我们的视线，绊住我们的脚步。这样的时光对我们而言犹如鱼入深海，有说不出的自在。走走看看，逛逛买买。累了，在干净的台阶上席地而坐，两旁都是鲜花和藤蔓。身后明晃晃的玻璃橱窗在明晃晃的阳光下，近乎没有般透明。凑近了对玻璃里的自己做鬼脸——我笑她也笑，我惺惺作态，她也矫揉造作。过了一会儿，突然发现身边的女伴不见了。咦，她又是什么时候被哪家店拐走的呢？

回程飞机上，邻座的女孩告诉我，她在清迈待了6天，去了宁曼路6次——看我一脸惊讶，她补充道："我来清迈好多次了。这次不想去景点，就这么自由自在地闲逛，才是对自己最好的犒赏，对吧？"我笑着点头："是啊，下回我也给自己这样的犒赏！"

在昆明转机时，我换上羊毛衫和厚厚的牛仔裤，围上长围巾。轻薄的衣衫放进随身的纸袋，如纸片般没有重量。清迈已经成了一万米高空之下的一朵夏日玫瑰。尽管手有余香，但我已收拾好心情，准备在北京零下5度的寒夜里，奔向自己的家。

亭外，玉兰花舒展在春日的阳光里，
粉嘟嘟的桃花从掏了洞的木板中探出头，
摇曳轻盈的身姿。

彩云之南，漫步云端

【红嘴鸥：海鸥归处彩云飞】

　　昆明并不是红嘴鸥的故乡。可是不知何故，1985年11月12日，西伯利亚的几千只红嘴鸥毫无预兆地飞临春城。那是一个暖冬，有些年纪的昆明人都还记得，它们的身影为那个冬天带来了多少惊喜和欢乐。冬去春来，鸟儿们展翅北归。它们还会回来吗？当时人们并不知道。直到第二年的11月，红嘴鸥在人们的翘首期盼中如约而至，与上一年到来的时间仅仅相差一天。当地人如过节般欢呼雀跃奔走相告。

　　此后，年年岁岁，归去来兮。每当冬季来临，迎着贝加尔湖日渐凛冽的寒风，红嘴鸥一路向南，开始漫长而艰辛的迁徙之路。烟波万里，乡关何处，中国西南边陲那片温暖的土地在召唤它们。那个地方不仅有暖风，有花香，更有许许多多期盼、牵挂、关爱的目光。

　　翠湖边流传着一个"海鸥老人"的故事。从红嘴鸥第一次飞临翠湖开始，这个老人像亲人一样守护和陪伴了它们10年。10年来，他过着简朴的生活，把大部分退休金花在这些鸟儿身上。无数清晨黄昏、日出日落，老人与海鸥相依相伴的场景，凝固成翠湖边最美的一幅画卷。1995年底，老人病逝。人们在他家里发现唯一值钱的东西是几个鸡蛋和为海鸥制作的鸡蛋馍馍。为了告慰善良的老人，有关方面发了一个讣告："海鸥老人（吴庆恒）于1995年12月20日病逝，终年71岁……老人虽逝，却望海鸥常飞，愿老人之愿与海鸥同在。"

亲友们把这份讣告和老人喂海鸥的照片摆放在他常去的地方，准备代表他最后喂一次海鸥。刚放好照片，未及撒食，意想不到的一幕发生了——一群海鸥突然飞临，先是绕着老人的遗像低低盘旋，连声哀鸣。不一会儿，海鸥纷纷落地，在老人的遗像前后站成两排，肃立不动，像是在为挚爱的亲人送别。最后当人们准备收走老人遗照的时候，海鸥竟然炸了锅似的扑向草地上的照片。之后，鸥群长时间在天空盘旋哀鸣，依依不舍，在场的人无不为之动容……

上午8点多，高原的阳光已经有些刺眼，滇池的马路旁停着各地牌照的车。沿着几米高的台阶步上堤岸，眼前豁然开朗。湛蓝的天空下，水面跳跃着万点金光，繁星一般的白色水鸟在碎金子般的水面上飞舞翩跹，鸣叫声此起彼伏，沿河岸一路流淌和蔓延。

这一池碧波掩不住春心似的荡漾，是因为这些鸟么？它们好像过于张狂了些，迎着风，迎着浪，迎着灿烂的阳光，迎着无数惊叹赞美，鸣叫着，飞舞着，自由着，欢乐着。白云好似被闹晕了头，一会儿跑到天边，一会儿跌到湖底，一会儿游在河岸，一会儿浮在水面。

堤岸的笑闹和喧哗声搅动空气，风把它们送出很远很远。人流中，有窃窃私语的情侣，有依偎漫步的老人，有举着长焦镜头的专业摄友……更多的，是一边抛洒鸟食一边大声欢呼的游客。小小的

　　孩童挣脱大人的怀抱，伸出放着面包屑的小手吸引海鸥。可当鸟儿一窝蜂飞来的时候，孩子却吓得早早缩回手，看着地上抢食的鸟儿目瞪口呆。一群又蹦又跳的少男少女，捏着鼻子嘟嘴学鸟叫、凹造型、玩自拍……青春乘着风的翅膀和鸟儿一起在天地之间翱翔。

　　风儿东奔西跑，它们吹皱了水面，吹乱了枝条，吹得姑娘的发丝和裙裾飘荡如帆。然而风也是暖的，温柔的鞭子一样拍在身上，让人禁不住想放开歌喉，对着蓝天白云歌唱——

　　在那遥远的地方，有位好姑娘。

　　人们走过她的帐房，都要回头留恋地张望。

　　我愿做一只小羊，走在她身旁。

　　我愿她每天挥舞着皮鞭，一直轻轻打在我身上。

【西南联大旧址：激情燃烧的岁月】

　　那天，在桃子新开张的"小酒窝"，几个女人就着香槟打开了话匣子。窗外鸟语花香，靠墙的木质储酒架上，一排排葡萄酒瓶在幽暗中闪着微光。红葡萄酒的醇香、白葡萄酒的柔媚、粉红香槟的甜美……这些阳光和土地的孩子，在时间沉淀中演绎出千变万化的芬芳。我们围桌而坐，一边品酒，一边诉说琐碎的生活。我们谈论不解风情的男人，谈论烟花易散的爱情，谈论喜欢的书，谈论欣赏的人，还附庸风雅地谈论点历史和文化。我们还谈起那本《西南联大的爱情往事》，谈起战火纷飞年代里的才子佳人。桃子说，有空去西南联大旧址看看吧，纪念馆里展出了上千幅旧照，也许你会感兴趣。

　　于是第二天我便寻访去了。离开喧嚣的五一大街，走进云南师范大学空旷的校园里，四周安静下来，我想象着60年前这里的模样。青春如花，激情飞扬，一转眼，半个多世纪的时间不见了。那时没有眼前的宿舍，没有完善的教学设施，没有规整的林荫大道，没有精心修剪的花园，只有突如其来刺耳的空袭警报和铁皮房里彻夜不歇的风声雨声读书声，有逆风飞扬的激情，有铁蹄下的铮铮硬骨，有风雨中的坚守和执着。当中国大地容不下一张平静的书桌时，西南边陲的这片热土却张开怀抱迎来了北京大学、清华大学、南开大学等几所中国最高学府的师生，以及一些国家级的研究机构，可谓大师如云，群贤毕集。大学之精髓并未在漫长的迁徙和艰苦生活中磨损，反而星光璀璨，人才辈出，硕果累累。西南联大校长梅贻琦曾经说过一句话："所谓大学者，非谓有大楼之谓也，有大师之谓也！"

我站在"国立西南联合大学"的牌子下，静静仰望。阳光下这块牌子黑白分明，新刷的油漆明晃晃的，给人一种东施效颦的感觉。

在网上读到张泉先生的一篇文章，题为《曾创巨大历史辉煌，谁在遗忘西南联大》。文中说："香格里拉、丽江、大理……这些气势汹汹的名字牵绊着旅行者的脚步，在它们面前，云南的首府昆明沦为一个转机大厅。纵然时间充裕些的游客们，也只是忙于寻找牛肝菌和过桥米线，不会在意一具连新版地图上都没标注出来的西南联大死去的躯壳。"继续往下，我读出了作者的叹息和历史的唏嘘："整理行李时发现，我背包的夹缝里，被旅行社雇佣的小孩争相塞满了小广告。在那些怡红快绿的华美纸片上，连绵的雪山随纸面的褶皱起伏，彝族少女裹着裙子笑靥如花，旖旎的花市之外，泸沽河一路升腾，涌向天际。然而，在荒凉的大地上，我没有看到那些像天神一样开垦耕耘的人们的身影。那座曾被称作西南联大的学府，和他们的犁一道，沉入香格里拉永不散去的晨雾中。"

如果不是还有这样敲打人心的文字，如果不是还有清明时节殷殷学子的祭奠，如果不是还有像我们一样寻访而来的人们——我真的有些怀疑，那些不该被遗忘的历史，是不是真的沉入香格里拉永不消散的晨雾中了。

当年的教室尚保留了一间，节假日不开门，我们只能从门窗的缝隙往里窥视。除了简陋的黑板和桌椅，别无长物。据说下大雨时，屋顶雨声铿锵如雷，屋里四处漏雨淌水。教授无法继续讲课，转身在黑板上写下了四个龙飞凤舞的板书："停课赏雨"。这四个字，如一首压过雷雨的交响，亦如黑暗中的一道明光，让我们看到那个时代里最美的诗意、信仰以及希望。

　　纪念广场上还有时任北大、清华、南开校长的蒋梦麟、梅贻琦和张伯苓三位先生的半身青铜塑像，闻一多先生衣冠冢，一二一运动纪念碑和四位罹难学生的墓碑——它们在无人的阳光下默默追忆，追忆那些风云激荡的岁月，布衣黑裙的年华……

　　从云师大出来，我和女友在文林路一个安静的小酒吧坐下。从花窗望出去，白色的云朵，无人的街道，被树荫筛过的一地日光。我随手翻开一本书，正好看到沈从文写给张兆和的那首诗——《悬崖上的虎耳草》：

　　　　我行过很多地方的桥，
　　　　看过很多次数的云，
　　　　喝过许多种类的酒，
　　　　却只爱过一个正当最好年龄的人。

　　那个坚持"顽固不爱"的张兆和，还是被沈从文"顽固的爱"融化了。她接受了这个旷世才子谦卑而炽烈的爱，也在《湘行书简》里用诗一样的情话回应他。爱情故事结束在这里也就好了，可惜生活不是小说，不是诗歌。生活是柴米油盐酱醋茶，是一日三餐的琐碎，是生儿育女的漫长，是颠沛流离的艰辛。走下神坛的张兆和不再是沈从文的女神，现实面前，一对璧人成了怨偶。他们开始有了隔阂，有了争吵，甚至于有了文艺女青年高青子的插足。伤心欲绝的张兆和不肯说原谅，沈从文失去了他的虎耳草，寂寞孤单得有如一潭死水。

　　可是，当沈从文去世，张兆和在整理他的遗稿时，却发出这样的长叹："从文同我相处这一生，究竟是幸还是不幸？无从知道。过去我不理解他，完全不理解他。真正懂得他的为人，懂得他一生承受的重压，是在整理他遗稿的现在……过去不知道的，现在知道了；过去不明白的，现在明白了。太晚了！"

　　我觉得张兆和还是幸运的，因为曾经有那样一个人，把她当作悬崖上的虎耳草，用了一生去守望。

　　更重要的是，半个多世纪后的今天，千千万万的读者们还在天涯海角，替他守望。

【老甘的酒吧：云舒云卷任天涯】

　　老甘的酒吧坐落在月牙塘公园对面。

　　酒吧有一个昏暗狭小的楼梯，踏上去咯吱作响，好像要将你引入老旧挂钟永远调不准时间的阁楼上。谁知走上去却是一个阳光大露台，面对着月牙湖那一池嶙峋的波光——哪有那么多发黄的旧时光，我们所拥有的，还是现实中的活色生香。

老甘的酒吧名字叫多巴果，取英文烟草tobacoo的谐音。我注意到门口停的那辆牧马人越野车，车门上也喷着"多巴果"的标志。

老甘来开门，顺口问了句："还有人吗？"朋友说："没了。"老甘便转身关了门，带我们往楼上走。我心下暗想：为什么关门？难道不做生意吗？

后来才知道，这也是一种做生意的方式——想开门就开门，想关门就关门，想出门就出门。显然这不是一个仅仅为做生意而存在的酒吧。它的另一个重要功用，是为一帮气味相投、三观相近的朋友提供一个放松、交流、创作的场所。在尘世中漂流的心需要一个小小的空间来安顿、充电和给养。因此老甘他们努力积攒财富、精力和时间，为的是让心灵走得更远。

他们的生活方式是这样的——我不在酒吧，就在颠簸的山路上。多巴果的车辙留在许多无人的荒野、贫瘠的土地、险峻的山川、古朴的村野，西藏、青海、云南、贵州、四川……一路的风光变成一路的灵感，变成艺术，变成感悟，变成精神的滋养，让心灵时刻饱有丰盈鲜活的状态。在被贫乏和庸俗的现实风干之前，他们又开始准备下一次的出发。

坐在露台上可以俯瞰月牙状的湖面。从下午到傍晚，高原的阳光一直趾高气扬。那天我穿的衣服厚了些，加上喝很多热茶，到后来只穿一件衬衫脊背都在冒汗，简直有了夏天燥热的感觉——当地朋友故意拉长声调说：现在可是我们的冬天，一年中最冷的时候哦！

"你们在北京现在穿什么？"问话的人看似漫不经心，得意却明显洋溢在眉梢眼角。

"羽绒服、厚棉袄、长大衣、保暖裤。"我老老实实作答：

"北京的室外温度是零下2摄氏度。"

"哈哈，昆明现在是22摄氏度。"

昆明人是有理由骄傲的。昆明海拔1800米，属于高原气候，夏日凉爽宜人，冬日温暖和煦。四季温度起伏不大，节气变化不明显。冬天寒流袭来的时候，也会阴冷几天，但只要太阳一露头，毛衣就穿不住了。春城电器市场的火爆不输给其他城市，唯有一类商品没有销量，就是空调。不仅居民楼，连很多办公楼都没有安装空调，原因很简单——用不上。

大多数地方还春寒料峭的时候，昆明已然花枝招展：硕大如碗的山茶花，红霞粉雾的桃花梅花，金黄饱满的炮仗花，含羞带露的玉兰花，只闻其香不见其影的桂花，还有城郊大片的早春油菜花……当然不止这些。房前屋后，街头巷尾，各种叫不出名字的花儿朵儿们都在努力绽放，好像唯恐自己一不小心错过了这个春天。暖风混合着街边烤串和过桥米线的香味袭来，从汽锅鸡、炒饵块、稀豆粉到松茸鸡枞干巴菌，再到竹虫、蚂蚱、蚕蛹、蜂蛹等，五花八门的吃食，可谓乱花渐欲迷人眼。耳旁回荡着当地人"整喃样""给吃了啦"这样热辣辣的方言俚语，话音语调里的那种爽利、亲切、响亮，如同当地特有的"小米辣"蘸料一样劲道。

在老甘的酒吧里，我们慵懒惬意地坐在红木茶桌边，就着一壶醇香的普洱茶消磨了一个下午。嗑瓜子吃零食，谈天说地，吹拉弹唱。欣赏墙上的唐卡、对联、素描，翻翻书架上的王小波、张爱玲这类文艺小资系书籍，还可以跑到吧台边看满墙的照片和纸片，从中寻找有趣的故事。

我对老甘说："在你这里消磨时间好像特别心安理得，一点没有负罪感。"

他们觉得奇怪："为什么要有负罪感？"

我说："因为我们习惯的场景是这样的——穿过地铁站黑压压的人潮，在车门关闭前一秒把自己塞进满满当当的车厢。或是开车堵在停车场般的环路上，在高德地图不停播报的拥堵信息中如坐针毡。咖啡厅人满为患，有人左手电脑右手手机，对着一堆文件叽里呱啦讲电话。写字楼窗口夜夜不息的灯光像是一种鞭策，时刻敲打你：比你优秀的人比你更努力……可是你们呢？你们歪在沙发上谈论诗和远方，等茶壶里最后一丝热气散尽，就开始寻摸哪家的烤串好吃、哪家的米线地道——时光如此被消磨，你们不该有负罪感吗？"

刚从北京回到昆明定居的朋友笑了。他极为满足地往后一仰靠在椅背上，满足地长叹一句："哎，这才叫生活。北京那叫生存。回到这里，我才感觉自己是在生活。"

【森林湖茶室：人间有味是清欢】

那天下午，我们去森林湖小区一个朋友的茶室拜访。我并不认识茶室主人，还是在老甘的酒吧听到大家都在谈论他。

"是男是女？"我问。

"帅哥。"一位朋友绘声绘色地描述："大龄、独居、洁癖、爱茶。一个大男人，把家里收拾得纤尘不染，少见！还天天爬山走路练肌肉，把自己弄得跟詹姆斯·邦德似的，也不知想干啥。"

我忍不住笑了，脑海里浮现出"有点坏有点帅"的皮尔斯·布鲁斯南。只是"007"身边何时少了邦女郎，这个茶室怎么会缺女主人呢？

　　显然这也是大家共同的疑惑。有人说："真不知什么人才能入他法眼。奇人一枚，你们一定要去见识一下。"

　　"好啊，"我笑，"那得去。"

　　"森林湖喝完茶，就去西格玛吃西餐。"这位朋友继续提议，"那是我一个中学同学开的西餐厅，红酒、汤、沙拉、牛排、甜点、音乐……正宗不正宗先不说，关键有特点啊！要知道，老板、接待、大厨、跑堂、侍应生、收银员，这哥们儿一人身兼全职。绝对昆明独一份，你们一定要去见识一下！"

　　这里怎么有这么多奇人奇事？比如正在眉飞色舞给我们介绍的这位哥们儿，他自己的经历也够传奇的。当年受命于母亲，千里迢迢飞到陌生城市相亲。还在酒店大堂等候相亲对象过来相见的空隙，他和大堂美女经理聊起来。谁知这一聊，两人竟有相见恨晚的感觉。于是这哥们儿当即拿出电话，打给那位还在路上的相亲对象："非常抱歉，但您不用过来了，我准备明天去领结婚证了。"

　　令人瞠目的不仅是戏剧化的开始，还有戏剧化的结果。结果是这两位竟然真的闪婚了，而且美女经理为爱情抛弃事业，辞职跟随他到昆明结婚生子，安居乐业了。这位同学，我能说你也是奇人一枚吗？

　　森林湖小区在市区西部，和市中心有些距离。以前是一个彝族聚居的村落，依山临湖，植被茂密。这些年随着城市建设的发展，这片地区成了乱糟糟的城中村。路两旁东一处西一处挤着各式各样的住宅、店铺和路边摊，被明晃晃的金属卷帘门和艳俗的马赛克瓷砖包围的小店里，堆着廉价的年货，贴着花花绿绿的年画春联。不过一旦进入小区大门，感觉连空气都不一样了。到处花香鸟语，曲水流觞。一幢幢幽静整洁、错落有致的小洋楼，悄然掩映在苍天大树和精心修饰的园林中。小区背靠青山，后面有一条曲径伸向山林。

主人把我们迎进家门。"润霖阁"是他的普洱茶品牌，也是朋友们对主人家的代称。房间里萦绕着轻柔的梵乐，幽幽的檀香。大小绿植在各个角落里葳蕤繁茂。屋里陈设简洁，规整洁净。我们从灼热的阳光下走进这里，好像突然间被调换了频道，连说话的声调都不自觉降了几度。

但我并没有看到传说中咄咄逼人的"邦德"先生。一身休闲装的茶室主人，有着健康的橄榄肤色和温和的笑容，没有想象中的高大威猛。虽然习武出生，而且曾经获得全国散打冠军的桂冠，但如今的他与茶为伴，举手投足都洋溢着温和儒雅的茶人风范。我对他转述朋友们的说法，他笑道："别听他们瞎说，哪有那么夸张。我爬山是为了去山上取水，用山泉水泡出来的茶味道是不一样的。"说着指给我看一个青石水缸，里面盛着他从山上取回来的泉水。他告诉我们，昆明连年干旱，山泉并不是想象中的汩汩奔涌，而是一滴一滴从岩缝往下滴的。他比划着："取这一矿泉水瓶需要二三个小时呢。"

我脑子里出现了这样的场景：一个人，坐在松风鸟语的山涧旁，耐心等着晶莹的泉水一滴一滴落进瓶子。头顶白云悠悠而过，身后树丛发出沙沙的声响——这几乎是一种禅意的境界——走过繁华，终归宁静；行至水穷，坐看云起。眼前这个独居森林湖的茶人，似乎早就以这样的姿态融入了自然。

　　我们在阳台改建的茶室喝茶。中间放一个天然树桩做茶台，四周几个矮几和书架，放置了各种茶炉茶壶、茶器茶宠，点缀着精巧玲珑的插花和绿植。茶室虽小，繁而不散、错而不乱，看得出主人的品位和用心。

　　他是一个痴迷于普洱茶的人。十几年前机缘巧合走进茶的世界，从此再也出不来了。他喜欢朋友们来品茶，不用多说话，只要听听梵乐清唱，看看袅袅轻烟，品品悠悠茶香，足矣。

　　他说："朋友们来喝茶我都很欢迎，只是得守我的规矩。"

　　我很好奇："什么规矩？"

　　"酒肉勿进。"他说，"有一次一个很好的朋友喝了酒，带着一身酒气过来敲门，我是真没让他进门。好在他了解我的脾气，也不生气。还有，有些朋友喜欢一边吃零食一边喝茶，我总是告诉他们，你们喜欢喝茶，我就泡好茶给你，你安安静静地品茶。喝好了喝够了，我再给你东西吃。但是你不要一边喝茶一边吃东西，那样就是浪费了好茶。"

我连连点头。喝茶和喝酒的氛围是不一样的。喝酒往往需要李太白那种豪情："呼儿将出换美酒，与尔同销万古愁。"喝茶追求的却是清静淡泊："欲知花乳清冷味，须是眠云卧石人。"茶香凝聚的醇厚委婉、清雅端庄的气息，会让躁动趋向于沉静，欲望趋向于淡泊。主人说，口若悬河的朋友来了这儿，都变得出奇地安静。

那天下午到底喝了几种茶我已经记不太清楚了，至少有四五种吧。以前喝普洱茶的时候，常常以为那种让人不太舒服的潮味儿就是所谓"陈香"。及至在这里喝到上好的普洱茶，方才体会到茶的妙处。茶水入口瞬间，好似露珠滴在草木杂陈的花叶上，或者红裙在幽深的林间轻盈旋转——我的味蕾见证了次第花开，一阵阵风也似的清香或蜜甜。然后它在口腔里久久徘徊，演绎高山古树茶标志性的醇厚回甘。那种入口生津，唇齿留香的感觉让我产生了很大的好奇，产生了探索的欲望。这才知道，茶和人一样，是有个性的。好茶如美人，燕瘦环肥，沉鱼落雁，各有其妙。

也许这个下午足够安静，安静到让我心无旁骛，才有了不同于以往的品茶感受。与普洱茶的这场相遇，大概应该算一种缘分吧。我慢慢了解到，从一片树叶到一片茶叶，普洱茶采摘、萎凋、炒青、晒青、蒸压、晾干（烘干）、存储乃至运输的过程都是一场场微生物菌群的狂欢盛宴，普洱茶最深厚的魅力也在于此。也就是说，一饼新茶放上三年五年、十年八年以至几十年，口感和味道始终在不断变幻。如果足够专注，你的舌尖可以感受最初的草木青涩被松风野壑一层层晕染、一层层覆盖的过程，体会在岁月的加持下，普洱茶潜藏于清浅的愉悦之后那种豁达和震撼。

一路开车过来的朋友大概是真渴了，脖子一仰就是一杯，接二连三。我故意笑他："记得红楼梦里面妙玉怎么说的吗？'岂不闻一杯为品，二杯即是解渴的蠢物，三杯便是饮牛饮驴了。'你这么喝算怎么回事呢？"

像妙玉这样超凡脱俗的女子，她之饮茶当然不为解渴，品的是人生格调和境界。那份对茶、水、器、皿的铺排和讲究令人瞠目。比如水，在她看来，茶之功夫重在水，茶叶倒在其次的。《红楼梦》里她给贾母献茶，用的是"旧年蠲的雨水"。请宝黛吃体己茶，黛玉以为也是旧年的雨水，被她冷笑道："你这么个人，竟是大俗人，连水也尝不出来！这是5年前我在玄墓蟠香寺住着，收的梅花上的雪，统共得了那一鬼脸青的花瓮一瓮，总舍不得吃，埋在地下，今年夏天才开了。我只吃过一回，这是第二回了。你怎么也尝不出来？隔年蠲的雨水，哪有这样清醇？如何吃得！"在妙玉看来，"连水也尝不出来"的人就是个"大俗人"，哪里品得出茶之好坏！难怪以前听人说，西湖龙井必得虎跑泉的水才能泡出真香。也就不奇怪润霖阁的主人为何每天爬到山上去采集那一滴滴的山泉——对品茶的人来说，好茶和好水的完美交融，方能达至精妙境界。

这个茶香袅袅的下午，宾主尽欢。茶室主人见我对普洱茶真的感兴趣，十分欢喜。临走特意送了我一饼润霖阁生普。他说下次再来，我带你们去山上喝茶、听经、吃斋饭。

唐朝诗人元稹有一首关于茶的诗：

茶。

香叶，嫩芽。

慕诗客，爱僧家。

碾雕白玉，罗织红纱。

铫煎黄蕊色，碗转曲尘花。

夜后邀陪明月，晨前命对朝霞。

洗尽古今人不倦，将知醉后其堪夸。

读这首诗、写这些字的时候，我真希望自己也能像润霖阁的主人一样，有那"人生一悟，将茶饮成一场宿醉"之愿。

【石江书院：结庐人境归桃源】

安宁距离昆明不过30公里的路途，一路高速，很快就到了。可是要找到一个小小书院还真不太容易。手机导航一到这里就犯糊涂，不胜其烦地重复"正在为您重算引导路径"。看来导航再先进，也跟不上中国县城日新月异的发展速度啊！尚在建设中的花园洋房，整洁宽敞的马路，绿草如茵的花园，正在修整改建的校区……四处生机勃勃，显示出被誉为"昆明后花园"的小城的野心。可是，在光鲜的背后，那些被石墩子堵在城市边沿、尘土飞扬的"县道""乡道"，依然像丑陋的补丁一样不太和谐……

导航失灵，让我们借此把安宁转了个遍。从地理位置上看，这个地方得天独厚。进一步是闹市，退一步是田园，还真有点"小城故事"的味道。不过令人惊讶的是，安宁其实是一个重工业基地。云南最大的钢铁企业昆钢就落户在此，同时安宁还是全国最大的磷化工以及冶金、水泥、化肥等基地——不知道在这些"大家伙"的包围中，安宁是否真的安宁？

七弯八拐之后，我们驶上一条幽静的山村土路。沿缓坡前行，充斥着泥土芬芳的乡野小景迎面而来。几幢农舍、几块菜园、几丛竹篱，篱外黄花摇曳，篱内鸡鸣犬吠。一群麻雀随阳光溜进无人的小院，叽叽喳喳落了一地。

前面一带红墙挡住去路。幽静的竹林垂下浓浓绿荫。山脚下的绿色稻田和黄色油菜花交错出的明亮色彩，更加衬托这里古树红墙的幽幽画意。一桥、一溪，桥不宽，水清缓。这里被称为石江村，那么这条穿村而过的溪流应该就是"石江"了吧？

停车问路，却不见人影。斑驳的红墙尽头有一个小小院门，抬头一看，门头上有个匾额，上书四个字——石江书院。呀，曲径通幽处，禅房花木深——这不就是我们要找的地方吗？

　　这幢源于清代晚期的道观距今已经100多年，掩映在山色树影中，倚山林之幽，得田园之趣。据说书院主人自小在石江村长大，幼时曾在这个废弃的道观里念书。后来到省城昆明工作和生活，每次回村看到这个地方日渐衰败，痛心的同时萌生出修复利用的想法。最终他下决心辞职回乡买下这个小院，以一己之力进行多次修复，才有了如今的石江书院。

　　可惜我们来得不是时候。书院一把铁锁，柴门紧闭。

　　我只能暗暗叹息。听说里面修旧如旧，十分古雅，糊窗户的纸是主人自己的书法。平日里来客不多，但凡有遇有同道之人或有缘之士，主人就亲自出来烹茶待客，抚琴弄墨。此时别说见到主人了，连书院都进不去，我们只好悻悻然作罢，走到下面院子里喝茶吃饭。

　　一条青石台阶自上而下，连接坡上的书院和坡下的后院。后院正房厢房均为白墙青瓦，环廊相连，茂林修竹。门口贴着春联，挂着灯笼，院子里有青石的水缸、石磨、石盆、石桌、石凳，地上还有形状各异的各色石头。如此看去，这小院的氛围和其他农家小院还是有些不同的。想想啊，最早是道观，自带气场；后来作为吟书习字之处，又添了不少文化底韵。坐在这里吃饭，感觉都多出了几分雅趣。

　　这天一共有两桌客人，都在正房用餐。屋里陈设清雅古典，墙上挂了孔子像、各种楹联、书法、山水人物、国画写意……桌上，笔墨纸砚透出阵阵书香；案上，几支百合送出郁郁芬芳。

　　一个地方，既有文人的清雅，又有俗世的烟火，"出世"的大雅中不乏"入世"的大俗——所谓桃源应如是。1000多年前，五柳先生选择辞官归隐，"种豆南山下，带月荷锄归"。相比声色犬马、尔虞我诈的官场，他觉得田园生活才能让内心真正富足和自由。耕田种豆喝酒吟诗，他安于清贫且自得其乐。五柳先生不曾想到，他这一转身，便开创出了中国田园诗的大美天地。千百年来，人们吟咏着他的"采菊东篱下，悠然见南山"，咀嚼着"此中有真意，欲辨已忘言"的诗句，追随他的脚步，追寻人生的"真意"。

屋外有个亭子，长长的原木茶台上，茶海茶壶茶杯一应俱全。我们坐下来，煮水、洗壶、泡茶、品茗。亭外，玉兰花舒展在春日的阳光里，粉嘟嘟的桃花从掏了洞的木板中探出头，摇曳轻盈的身姿。亭子外面是一片荷塘，残留着干枯的莲梗和莲蓬，卧一叶扁舟。我躺在摇椅上晃悠，望着这木楼、红墙、远山、近水，忽然来了兴致，对正在泡茶的女友说："咱们玩玩诗歌联句如何？"

女友呵呵一笑，回应道："好啊，你先来！"

于是我们边喝茶边诌了这首《访石江书院》：

石江访书院，坐看白云游。
雕梁已褪色，飞鸟还相留。
寂寂石阶冷，泠泠波光柔。
弄花剪剪风，抚琴纤纤手。
红墙落竹影，墨香染茶酒。
朝露洗清愁，晓梦穿朱楼。

【和顺图书馆：数家深树碧藏楼】

当我站在和顺小镇这所被誉为"中国最早的乡村图书馆"的台阶下，仰望大门以及门楣上"和顺图书馆"几个大字的时候，喧嚣的人流以及正午的日头，让我一时找不到图书馆的感觉，更别说

"甲村图书馆"的感觉了。

村上春树的小说《海边的卡夫卡》里面有一个很关键的地方，也是小说中两条看似毫无关联的平行叙述线最终汇聚的那个点——甲村纪念图书馆。在15岁少年田村卡夫卡的眼里，这是一个"仿佛世界凹坑的地方"，也是让这个渴望遁世的少年唯一感觉安全、亲切和放松的地方。

和很多人一样，我来这里也是匆匆忙忙"到此一游"，本不该奢望找到田村卡夫卡的感觉。尽管明知小说是虚构的艺术，但是站在这里，我还是忍不住不断联想有关"甲村图书馆"的种种描述。中国的乡村图书馆和日本的乡村图书馆，一个在现实中，一个在小说里，隔山隔水隔了虚幻的时空，可是因为这样的比较，却有了冥冥中的某种联系，也让我的"到此一游"多出很多乐趣。

如果一定要找出两者的共同之处，其一，都是乡村图书馆；其二，大致建于同一年代。小说中的甲村图书馆建于二战前夕，和顺图书馆始建于1928年，扩建于1938年。

在当年尚属蛮荒之地的"极边第一城"腾冲境内，和顺是一个非常普通非常平常的侨乡。可就在这个不足万人的镇子里，诞生了中国第一座乡村图书馆，收藏了上万册古籍珍本。虽然从历史、规模和藏书量来看，这个小小的图书馆不足挂齿，但因为"中国第一"这张响亮的名片，和顺图书馆的地位和意义就显得极为特殊和重要了。

村上春树在小说中描绘了日本早期乡村图书馆的风貌，我相信他是有蓝本的："当时的当家人大胆舍弃了那种纤巧富有文人情趣的京都茶室式样，而采用了民居式、农舍式的风格。不过，同房子框架的粗犷豪放形成对照的是，家具用品、书画裱装则相当考究，不惜工本。"

和顺图书馆位于青山绿水之间的双虹桥畔，坐西朝东，占地3000平米。图书馆建筑风格中西合璧，由大门、中门、花园、主楼、藏书楼组成，层层递进。明清式的牌楼大门上，有清代举人张砺书写的"和顺图书馆"匾额。拾级而上，是三个平顶拱形的中门，门额上"文化之津"四个字是曾任故宫博物院第一任管理委员会主任的李煜瀛先生所题，下方"和顺图书馆"的匾额则是胡适先生题写。中庭是一个精巧的花园，树影婆娑，花木娉婷，面积不大却洋溢着中式园林的雅韵。馆舍主楼为二层五开间的木结构楼房，粉墙黛瓦，两侧突出两个对称的半六角亭，古意中带着几分轩昂之气。主楼后面是藏书楼，藏有不少木刻线装古籍珍本。

村上春树对"甲村图书馆"阅览室是这样描述的："天花板高高的，空间大大的，气氛暖暖的。大敞四开的窗口时有清风吹来。洁白的窗帘悄悄摇曳。风带有海岸的气味。沙发的坐感无可挑剔。"

再来看和顺图书馆。走马回廊式的主楼内，除了两端山墙，立面均采用大面积西式玻璃窗，通透明净。阅览室里有宽大的长桌长椅，摆放各类报刊杂志。虽然没有海风的气息和洁白的窗帘，但窗外绿茵蔼蔼，屋内书香浓郁。站在这里，不难想象乡村学子们倚窗苦读圣贤书的情景。借阅室内那一排排的书架古籍，沉淀着岁月的风霜，沉淀着和顺人对于文化始终如一的尊重和坚守。

步出和顺图书馆，一路沿溪花覆水，数家深树碧藏楼。拥有600多年历史的和顺古镇从东到西，环山而建，绵延二三公里。清溪绕村，垂柳覆岸，道观、古刹、祠堂、洗衣亭、龙潭、鹭鸶、野鸭、老牛、茶花、稻田……"远山茫苍苍，近水河悠扬，万家坡坨下，绝胜小苏杭。"这是民国元老李根源先生对和顺的赞誉。令人不可思议的是，经历过战争烽火和时代沧桑的和顺，竟然奇迹般地在时光里酣睡，像一个不曾也不愿醒来的梦。

那天下午，我坐在青幽幽的一池碧水旁，看飘来飘去的云朵落到水中，看粉墙黛瓦的民居在青山深处拥抱阳光和夕阳——彩云之南似乎有一种魔力，让漫步云端的轻盈感，在这样的时候，悄然浮现。

粉色三角梅和红色木棉在楼宇和道路间招摇，
大片的椰子林和棕榈树摇曳着热带地区特有的风情，
把碧海蓝天、白浪细沙的梦幻画面，
毫不吝啬地推到我的面前。

冬日里的一场逃离

年末的北京北风呼啸，寒意彻骨。失去色彩的大地沉寂而消沉。

有一段时间，我沉浸在一种无力自拔的倦怠和麻木里，既厌倦和别人交流，也厌倦跟自己对话。日复一日的生活，朝九晚五的工作，琐碎庸俗的现实，味同嚼蜡的是非……我像一只随风飘摇的小船，失去了目标和方向，不知道时间将把自己带向何处。冬日的天空混沌一片，裸露的土地呈现出坚硬干涸的灰白。朔风瑟瑟起，落木萧萧下。

当雾霾和严寒一起降临的时候，空虚和倦怠就像冬日里堆砌成山随处甩卖的大白菜。天光越来越晦涩，黑夜越来越漫长。在一个深夜写完一个冗长的PPT之后，我第一次失眠了。

我从网上订了一堆小说，在地摊上买了一堆盗版光碟。沉浸在别人的故事里，也有爱恨情仇，也有欢乐悲伤，只是不那么铭心刻骨，不那么跌宕起伏——如此，仿佛和这个世界有了某种"适度的距离"。这方法能让自己暂时逃离灰色情绪。不过副作用也相当明显。就是合上书、关上屏幕那一刻，空虚倦怠的感觉立刻卷土重来，并且还加速翻倍，浓雾一般把我结结实实笼罩起来。

而且我悲哀地发现，无论睡得多晚，生物钟仍然会在早上7点自动开启。早起的那杯咖啡就是一个启动键，提醒你拿起手机查看新闻、电话、信息、邮件。一个人的周末，在肥皂剧看到一半时突然间兴味索然。透过玻璃窗，看着路灯下翻飞的枯叶，觉得那种绝望里隐含的倔强，像不肯屈服的灵魂在舞蹈。

将个体生命放在浩瀚的宇宙空间里面，一个人和一片树叶并无丝毫不同。这让我心里产生深深的无力感。时间又是什么？时间是风，它清清楚楚拂过你的指尖，指尖却永远抓不住它；时间是水，它真真切切温润你的手掌，手掌却从来捧不起它；时间是电、是火、是灯、是烛，它照亮你的双眼，却让你看到通往芳草鲜美桃花源的路，比漫长还要漫长。

青春年少时以为自己可以主宰的欢乐忧伤，包括那些坚不可摧的理想、追求、得失、欲望，都成了风中的落叶，遗落在岁月的荒烟蔓草间。当我开始真切地感受时间的无情、生命的无常、存在的无解、永恒的虚妄时，已经人到中年。我了解到与生命自身的热烈、蓬勃、喜乐、尊严相对应的，还有衰老、疾病、挫败和死亡，它们就像一枚硬币的正反面，始终相生相杀。而生命中似乎自带一种负面引力，从不放弃任何昙花一现的脆弱时机，试图将我们拉入虚妄的深渊。它不断提醒你睁大眼睛，看曾经的美好怎样遗失，看昨日的鲜亮怎样衰败，看岁月的尘埃如何一丝丝、一点点、一层层覆盖你的身体，蚕食你的心灵，直到你一退再退，最终陷入颓废、空虚、麻木、懈怠、困窘和悲哀的陷阱——这就像一个阳光下的阴谋，我们无力抵抗，且无处躲避。

是时候来一场说走就走的旅行，给心灵一个"逃亡"的机会了。不要让它在重重雾霾中彻底迷失，像失去色彩的大地一样枯萎衰败。

这个想法跳出来的那一刻，身未动，心已远。

置身于三亚27摄氏度的明媚阳光下，我脱掉厚重的棉服，让轻薄的衣裙在带着咸味的海风中飘荡，感觉身体像一朵正在缓缓绽开的花。粉色三角梅和红色木棉在楼宇和道路间招摇，大片的椰子林和棕榈树摇曳着热带地区特有的风情，把碧海蓝天、白浪细沙的梦幻画面，毫不吝啬地推到眼前。

我打开箱子清点衣物时，服务生送来了炒锅、电饭煲以及油盐酱醋的调料盒。这个公寓式酒店背山面海，客厅里有开放式厨房，可以自己做些简单餐食。从阳台上望出去，青幽的山峦逶迤延伸到海天相接的地方。碧蓝的海上飘着几艘小小的船，它们的存在似乎只是为了让棉絮般的白云不至于太过孤单。隔岸高高低低的楼群参差错落着，在夜色渐浓的时分，那些灯火梦一般融入星辰大海，正合了画册上那句广告语——一半是海洋，一半是天堂。

走廊上放了两把简单舒适的藤椅，围栏外簇拥着粉色的三角梅，花开正艳。坐在这里读书，除了啾啾鸟鸣和因猴群跳过不时摇晃几下的树丛，就只有风声穿过山峦制造出的声响了。山不高也不大，刚好挡住城市的喧嚣。群山尽头连接大东海的一隅，从这个方向探头去望，只能看见一条细细的闪着波光的海岸线。

每个晚上都去海岸附近花园散步。热带植物的阔叶长得十分宽大，饱满浓烈，仿佛在夜色中都能溢出水来。海风吹得棕榈树和椰子树哗哗作响，月光在高低错落的树荫间游荡，投下斑驳不一的光影。来路不明的花香在空气中飘浮着，只管把人往醉里拉。

夜的大海彻底没入黑暗，繁星袅袅婷婷地接管了这个世界。月亮挂在棕榈树的树梢，竟被我看出几分羞涩来。那晚散步经过海边，透过树丛看到一个门窗洞开的画室。一连三间通透的房间，墙上挂着各式书画，里间铺着带毡子的画案和笔墨纸砚。桌上一副展开的宣纸上，留着上一位游客的即兴笔墨。外间角落里放置了一架古筝和一张茶台。一个女孩坐在门边专注地画画，人们进进出出，她连头都不抬。直到我开口询问，想要一幅粉彩画，她才起身介绍业务。

她提议为我画一幅肖像，时间只需要半小时。我问：用照片画可以吗？她说：可以的，但是有交流会更好。我欣然允。来这里不就是为了体会当下吗，何必在乎半小时一小时呢？于是在这样一个被海浪沙滩包围的夜晚，被月色照亮的棕榈树下，柔暖海风穿堂而过的画室里，我在一个会画画的女孩面前坐了下来。我们俩一边聊天，一边画像。

这是我第一次用"含情脉脉"的眼神盯着一个同性长达半小时之久，这让自己颇有点不自在。画家的脸上却浮起愉悦的笑容。她语气轻快地说："你的眼睛很特别。你的眼睛是含水的，你先生说过吗？"

我嗯了一声。没好意思告诉她，我先生从不会说这么浪漫的话。

"你男朋友肯定很浪漫。"我说。

"是老公，"她嗔怪道，"结婚后就不一样了。情人节跟我说，今天的玫瑰够我们吃半个月了——就这人，你说浪漫？"

但她接着说："也是，我们还要还房贷呢！这是过日子，不是拍电视剧，你说是不是？"

海上餐厅也是一个绝佳的去处，当然，不只是为填饱肚子这么简单。因为你可以理直气壮地宣布：我是来消费风景的。这些由白色栈桥相连的一幢幢小木屋，恍惚中让人觉得像从浪花中生出来的水生植物，又或许是刚刚远航归来未及靠岸的一排渔船。

虽然餐厅建成不过两三年，在海风海浪的日夜侵蚀下，木屋的外观已经显出沧桑。时光过早地在它们身上刻下了岁月的印记。但是进到里面，无论是木质的墙面、窗户、圆柱、桌椅，还是洁白的桌布、餐具、水晶吊灯、柔美的窗帘和纱幔，尤其在不断拍击窗棂的白色浪花里，或者破窗而入的金色夕照下，弥漫着一种梦幻气息，让人分不清虚幻和真实。四面通透的落地玻璃被窗户分隔成一幅一幅的画框，画框里是自带音效的动态风景画。涛声阵阵，飞溅的浪花有着音乐般的节奏和韵律，让我想起杜甫的那几句诗："锦城丝管日纷纷，半入江风半入云。此曲只应天上有，人间能得几回闻。"

夕阳下的渔村，几个中年男人坐在沙滩上补渔网。白色渔网一张张堆在岸边，如层层叠叠的云朵。我有些奇怪，以前一直觉得补网和洗衣服一样是女人的专长，男人恐怕做不好。没想到这些看上去黝黑粗糙的男人，脸上刻满沟壑，手上布满老茧，但他们手里的梭子上下飞舞时，竟有着不输女性的灵巧。

"这渔网新的一样，怎么破这么多洞呢？"我问正在补网的中年大叔。

"老鼠咬的。"

我惊讶地啊了一声："老鼠咬这个干嘛，又不好吃。"

大叔抬头瞟我一眼，手上一刻没停："老鼠喜欢磨牙。老鼠不是好东西。"

一个小女孩跟一只花猫蹦蹦跳跳地跑过来："饭好啦饭好啦！"她嚷嚷。

一枚红彤彤的落日快要跌进海里，渔村的餐厅客栈都开始上客了。阵阵涛声伴随人间烟火，恰到好处地挑逗和抚慰人们的心和胃。我这才明白为什么补网的不是女人了。因为女人们操持着比补网更有价值的事。比如，迎来送往，点菜做饭，算账收款。渔村的女人们有着精明的头脑和麻利的嘴，理应承担挑大梁的重任，补网的事自然就移交给憨厚男人了。这些年旅游热，家家户户都盖起了几层高的砖房小楼，电视、冰箱、洗衣机一应俱全，连小汽车都快成标配了。

男人和女人，落日和渔网，小孩和猫狗。岁月漫长静谧，日子就在日升月落一餐一饭中延续。补好了网，吃好了饭，枕着海浪相拥入眠的人们，有着和海洋一样深的满足与快乐。

沧海桑田太远，海枯石烂太长，我们能够真切感受的，不过是当下握在手心的温度，耳畔叨唠琐碎的家常。这一切让我心安。有一种平静和安宁的感觉从心底溢出，丝丝缕缕融进无垠的大海。在这个海上升明月，花香伴海潮的地方，心里的坚冰慢慢在27摄氏度的温度里融化。北方冬日的晦涩倦怠麻木，就像被潮水带走的沙子，去到了它们该去的地方。

面朝大海，春暖花开——以这样的姿态粉墨登场的心情，纵然不能天长地久，也该庆幸曾经拥有。

我在微博、微信和新闻里看到，几十年来最为严重的空气污染蔓延了全国23个城市，北京成为首当其冲的重灾区。本来只想来一场说走就走的旅行，如此就被演变成为颇具先见之明的一场"逃离"。不早不晚、恰到好处地闯进这片PM2.5不到10的天然氧吧。如果可以，我真希望能把这里的阳光、海浪、夕阳、明月装进行囊，让它们在身边一直歌唱——唱的是梦里不知身是客，唱的是不知何处是他乡。

飞机终于在晚点两小时、跑道上等待1个半小时，当乘客们的耐心快被消磨殆尽的时候，呼啸着冲向天幕。我的座位靠窗，从舷窗望出去能看到沐浴在金色阳光里的巨大机翼。碧蓝的大海和簇拥在海岸线周围的房子渐渐在视野中模糊、远去、消失了。绵密柔软的云层之上，是不含一丝杂质的明净湛蓝。机翼开始倾斜成45度，一半沐浴在金色里，一半沉浸于幽蓝中——仿佛这个旅程不是接近尾声，而是有着刚刚开始的甜美。又或者这个旅程本身就是一个蓝色的梦，悬浮在一万米的高空，从来没有开始，永远不会结束。

我在等待起飞和飞行过程中捧读一本海子的诗集。我试图走进25岁卧轨自杀的年轻诗人的内心，看看生命在那个世界里留下的轨迹，看看那些欢喜和绝望、明亮与阴暗是怎样相生相克、起伏跌宕，开出这样奇异美丽的花：

从明天起，做一个幸福的人

喂马，劈柴，周游世界

从明天起，关心粮食和蔬菜

我有一所房子，面朝大海，春暖花开

从明天起，和每一个亲人通信

告诉他们我的幸福

那幸福的闪电告诉我的

我将告诉每一个人

给每一条河每一座山取一个温暖的名字

陌生人，我也为你祝福

愿你有一个灿烂的前程

愿你有情人终成眷属

愿你在尘世获得幸福

而我只愿面朝大海，春暖花开

信仰永远都是穿过乌云的那一束光，
给心灵带来最深的温暖和指引，
让纷乱止于平静，让悲苦归于安乐。

和更好的自己遇见

《冈仁波齐》是一部很特别的电影，关于信仰，关于心灵，关于朝圣。

一群人，老人、孕妇、屠夫、女孩、迷茫青年、中年汉子……有着不同的生活境遇，怀着各自的心愿，踏上了一条漫长的朝圣之旅。从西藏腹地的芒康小村一路磕长头到拉萨，再到最西边的冈仁波齐——这是一部2000公里长的电影，拍了将近1年时间。类似纪录片式的讲述不带任何戏剧冲突，真实还原了藏地环境和生活细节。我觉得这种真实里面，有一些可以用心去捕捉的东西，在熄了灯的影院里，那一束稍纵即逝的光，或许可以照耀到你的心灵之上。

我坐在卢米埃影院的小厅里，音乐声起，巨幅屏幕将藏地特有张力极强的画面送到眼前。只需几秒钟，就将我拽回那片沧桑绝美的土地——清冽的风无比强劲地吹拂脸庞，阳光灼烈又温柔，色彩鲜明且瞬息万变。我回忆起初次走进这片土地的感受——任何时候、任何角度，眼前都是一幅锐度很高、具有强烈视觉冲击力的画面。跳跃感和空灵感不断撞击心灵，让我禁不住一阵阵激动和兴奋。尽管这个电影的节奏已经相当慢，但我还希望它再慢一点、更慢一点，让我将身体彻底沉陷在柔软的沙发里，忘却周遭的世界也被世界所遗忘。在遗忘和被遗忘之后，我可以悄然走进屏幕，走进画面，走进那个离太阳很近的地方，走进这群陌生的人。

风雪中、日光下，四季更替，背景变幻。这是一条漫长的路，仿佛镶嵌在时光的皱纹里，没有尽头地绵延和铺展，让人恍惚不安。不，只是让我产生出一丝心慌和不安，而不是那些每隔几步就把身体匍匐着交给大地的人。这些普普通通的藏人，根本不懂什么镜头、表演，他们只是在做一件自己内心渴望的事，用身体表达信仰，呈现出不含一丝杂质的虔诚、纯净和超然的力量。

不同的光线和背景里，四季更替，日升月落。不断重复的只有经筒转动声、喃喃诵经声、手板相扣的抨击声、身体匍匐的摩擦声，手掌高举落下，身体匍匐起立——周而复始，单调如钟摆。整部片子没有故事、高潮、冲突，只是这支十几个人的队伍日复一日地行走和叩拜。其间，遭遇过车祸、雨雪、泥石流、生病、产妇临盆，老人去世……但我们看不到抱怨、退却、担忧、不安，他们所作的只是接受、面对、处理、放下，然后继续向前。车头坏了就扔掉车头，几个人轮番拉着车走；婴儿出生了，就奶着孩子上路；没钱转山了，就留下来打工赚钱；老人去世了，就请喇嘛来念经和天葬……在平静琐碎的叙述里，我感受着一种静水深流的表达。

出发的时候，他们每个人都怀着各自的心愿。小女孩上路是为了长辈的期许，妈妈一句"磕头长知识"让她有了和年龄不太相称的坚定和坚毅，即使生病了也不肯休息；而屠夫呢，为了减轻杀生的罪孽，希望"磕头消业障"，因此他步履蹒跚，头抵在地上半天抬不起来，总是落在队伍的后面。这两个人的截然不同，好像一枚硬币的正反面。小女孩渴望给自己的未来做加法，充满着光明和希望，像硬币的正面；屠夫在业障的重压下，摆脱不了阴霾和愧疚，希望给自己的未来做减法，如硬币的反面。但是，当他们走在同一条朝圣的路上，当小女孩回头对屠夫说"加油"的时候——硬币便开始旋转，在此消彼长的旋转中，他们成为了一个整体。而这不正是我们每个人的生命状态么？人生道路上，我们难道没有体验过小女孩这种为了明天一往无前的天真明亮，难道没有体验过屠夫这种违背本心之后的自责和挣扎？

　　人生的诡谲就在于此：光明和黑暗集于一身，矛盾和复杂不可分割，而你，必须带着它们一并上路，在永不停歇的倾斜、摇晃、挣扎中寻求平衡乃至平静，直到终点。仔细想想，走在朝圣路上的小女孩和屠夫所面临的希望与困惑，与都市中的你我如出一辙。

　　我静静地看着这群人，看着磨损的手板、衣物、鞋子、罢工的拖拉机，看着皑皑雪山、风雪弥漫的道路，看着飞驰而过的汽车，衬托出几步一叩首的缓慢和沉重……但是他们一如既往地走着，不念过去，不惧将来，活在当下。简单、笃定、踏实、平静——他们的生活和信仰，都在路上。

　　在路上是幸福的。他们深信在2000公里外冈仁波齐的神圣之光笼罩下，来世今生、生死轮回都是一种圆满和幸福。因此，婴儿出生和老人离世，迎接与告别，都令人猝不及防，又在意料之中。如同一次起点和终点的轮回交错，那些喜悦或者悲伤，最终都只能归于平静，然后继续上路。他们深知，这条路上，每一步，都是心灵的皈依和灵魂的救赎，每一步，都承载着生命最原始最强大的力量。这条路上，每一步，都是为了和更好的自己遇见。

　　这就是信仰的力量。凡心所向，素履所往；生如逆旅，一苇以航。信仰永远都是穿过乌云的那一束光，给心灵带来最深的温暖和指引，让纷乱止于平静，让悲苦归于安乐。

　　我想要追寻，想要发现，想要解释，想要了悟。却发现被信仰震撼的心，除了沉默，还是无言。再华丽的辞藻都无法沉淀，再文艺的范儿都无法舒展。生命中最本真的东西，只能用简单纯净的心去承载，于是，表达变得愈发困难。

　　影片最后，老人平静离世，天葬的意向之后，一行人继续匍匐向前。电影在最后一个雪景的长镜头中戛然而止。当主题歌《No Fear In My Heart》在黑暗中响起时，我坐在那里久久没有起身。

　　红尘中的我们，要如何才能与更好的自己遇见？

循着丁香的味道往里走，
窄巷里突然飞出一辆自行车，
悠长的鸽哨后，
一群灰鸽子扑棱棱往头顶盘旋远去。

我们的客厅

"时间是一个最理想的北平的春天下午，温煦而光明。地点是我们太太的客厅……当时当地的艺术家、诗人，以及一切人等，每逢清闲的下午，想喝一杯浓茶或咖啡，想抽几根好烟，想坐坐温软的沙发，想见见朋友，想有一个明眸皓齿能说会道的人儿，陪着他们谈笑，便不须思索地拿起帽子和手杖，走路或坐车，把自己送到我们太太的客厅里来。"

这是冰心小说《我们太太的客厅》的开场白。文章甫一发表，明眼人就猜出来——小说中这位长袖善舞、明眸善睐的太太，影射的是当时家住北平总布胡同3号的梁思成太太林徽因。对当时的文化名流而言，梁家周末的聚会是颇具影响力的。出入其间那些大名鼎鼎的人物，或多或少都可以在《我们太太的客厅》里面找到对应的原型：政治学家张奚若、经济学家陈岱孙、物理学家周培源、文学家胡适、哲学家金岳霖、美学家朱光潜、作家沈从文、诗人徐志摩……

不可否认冰心的文笔生动传神，只是这篇文字一改她平日的清新风格，字里行间充斥着对"商女不知亡国恨，隔窗犹唱后庭花"的辛辣、暗喻和讽刺。据说林徽因读到以后什么也没说，待她和梁思成由山西考查古建回北平的时候，托人带了一坛又陈又香的陈醋送给冰心——才女之间的斗法都这么有格调，叫人拍手击掌忍俊不禁。

当然，如果你认真读过林徽因的作品，了解过她的生平和学术成就，你就会明白，学识渊博、才思聪慧的大家闺秀林徽因和冰心笔下那个惺惺作态顾影自怜的太太相距太远。无论那位"你是天空一片云，偶尔飘过我波心"的风流才子徐志摩，还是为她写下"一生诗意千寻瀑，万古人间四月天"的金岳霖，甚而那些出入"太太的客厅"能够与她在精神上理解、交流、默契且珍惜的诸多大家，对于这个兼具敏感和理智、才华与美丽的女子而言，都是生命中不可或缺的光亮和温暖。这些不可或缺的光亮和温暖，与她对婚姻和家庭的付出，与她对生活和事业的热情一起，构筑了人生最丰满和完整的爱。

这个爱，不是狭隘的男女之情，而是对生命最诚挚的热忱和礼赞，是不曾被现实桎梏和湮灭的梦想和追求，是对精神世界和独立人格的坚持和坚守。当然，她不屑于解释——那是高到云天的骄傲，也是低到尘埃的花开。

我一直对当年名震中国文化圈的"太太的客厅"心存向往——周末的阳光，温煦的客厅，抚慰着动荡时代里那些文化人无处安放的迷惘、困惑、追求和情怀，成为流离乱世中一处温暖的、可以归去来兮的所在。

我对"太太的客厅"的向往，一方面源于才貌双全的林徽因，另一方面也印证了一个道理：无论哪个时代，人们对精神桃源的向往都是一脉相承的。

至今我还能忆起20年前的一个冬夜，站在建国门地铁站的出口，望着十里长街上闪烁迷离的灯火，我的心中涌出的恍惚和寂寞。风很大，月朗星稀，我不明白自己怎么被推到这个陌生而偌大城市的边缘——它和我的距离如此近，又如此远。好像前路并无阻挡，可是一迈步就是逆风，让人几欲回头。但我遥远的千里之外的故土，那些街巷旧屋里的晏晏笑语，怕也是轻薄而寡淡的了。

　　昨夜从朋友家的"雅集"出来，我驾车穿过犬牙交错的街道。驶入立交桥往京沪高速方向，一不留神，错往天津方向去了。再辗转回头，穿过五环上四环，终于听到高德地图说：请沿当前道路继续行驶15公里……路程并不算远，不走错的话，半小时即可到家。但下午去的时候，路上足足花了1个半小时。在这个人如蝼蚁的都市里，下班时间开两小时车赴个约是家常便饭。20多年后，我仍然会在这个城市迷路，但是此刻灯火阑珊的街头，那份充溢在异乡空气中的疏离和迟疑，却已经恍如隔世了。

　　移居北京多年，我们衔泥筑巢，日复一日。流年的光影在四季轮回中斑驳、重叠——梦里不知身是客，直把他乡作故乡。

　　春日好天时，去看老舍笔下的北平。胡同、槐树、四合院、天井、影壁，一团团的杨絮漫天地飞，在地上如细雪般堆积起来。循着丁香的味道往里走，窄巷里突然飞出一辆自行车，悠长的鸽哨后，一群灰鸽子扑棱棱往头顶盘旋远去。午后的长巷寂寂无人，树荫下的小狗在打瞌睡，没来由的花香越发浓郁。这场景，直让人生出"扛花去看你"的冲动，跟老树先生画纸上那位无脸长衫男一样悻悻然，欣欣然。

　　夏天，我去雍和宫附近拜访一个朋友。她新开的公司刚刚搬来这里的众创空间。那是一幢老式红砖小楼，门口树冠如盖。她不用纸杯待客，白瓷杯冲进沸水时，茶香扑鼻。这时候传来雍和宫当当的钟声，和着玻璃隔间外滴滴答答的打字声和电话铃一起响起来。而一只喜鹊，正栖在窗外梳理它的羽毛。我们相视而笑，我说："时间好快啊，一眨眼，你这小姑娘都当老板了。"她纠正："不，是做妈妈了。"

秋天是北京最美的时节。相隔11年后，2009年10月，张艺谋把歌剧《图兰朵》从紫禁城的太庙移到了奥体中心鸟巢。同样的秋风明月，把《茉莉花》的旋律送出好远好远。我又想起紫禁城的太庙，层层叠叠的汉白玉栏杆，被灯火映照得巍峨华美的皇家宫殿，与舞台上的人物和故事，交错出的那种真实与虚幻。当"好一朵美丽的茉莉花"把帝都的秋夜彻底浸透，我的心里有了一种庄严与美妙，混杂着热爱和欢喜的情绪升腾起来。

冬天不出门，我们喜欢窝在可以穿单衣薄衫的家里，约上三五好友烹饪、品酒、喝茶、谈天，有时候听帕瓦罗蒂的今夜无人入眠，有时候听周璇的夜上海，有时候讲讲笑话，有时候写几句打油诗，有时候用DVD放个电影、听部歌剧，或者借酒劲吼上一段奥运会歌"我和你"——客来云往，因为先生的缘故，我结识了不少文人墨客，也有机会走进一些文化沙龙的"客厅"去。或是朋友府上，或是书斋画室，或是茶舍小院，或者干脆，我把自己的家也变成一个"太太的客厅"，还起了个堂号叫"踏歌山房"，意欲为踏歌归来处，山房尽兴时。

昨夜聚会是在一个朋友家里，一厅、一案、一壶、一桌。只是"红泥小火炉"换成了铁板烧，"绿蚁新醅酒"换了些红红绿绿的果汁，煞是好看。烤肉的香味与窗外凛冽的寒风相映成趣。

主人抱着新买的古琴出来，邀请非遗文化传承人王鹏先生抚琴。他低头拨了几下琴弦，我便想起白居易"未成曲调先有情"那一句。接着，《阳关三叠》《渔樵问答》的曲子开始流淌，懂或不懂的人或坐或站，都只是安静地听。我在一旁天马行空，想着琴的旁边该配一瓶日式插花，最好是黄色的腊梅。琴声绕着梅香，更可令人陶醉的。

　　当然，这阳春白雪的曲调与高大的空军机长的朗诵亦是相得益彰，就连"钧天坊"的女掌门彬琦与我，因了他们的带动，也都鼓起勇气把席慕蓉、余光中、郑愁予的诗朗诵个遍。再能聆听崔自默老师"艺术之精神，科学之思想"的高见，被他引领领略笔下彩墨山水的玄妙之境；或看白须苒苒的画家杨彦一手端酒杯，一笔挥毫写就的"得意忘形"四个大字……云云，我们或许可沾点艺术家的仙风道骨，被艺术之香熏染几分而忘掉白日里的锱铢必较，不自觉锁紧的眉头微微舒展，颊上也就渐渐绽开一朵淡淡的花。

　　当我驶上四环，听高德地图说请沿当前道路继续行驶15公里时，便不再费心去认路了。思绪游移，想起几十年前林徽因的"太太的客厅"，想起曾经站在建国门地铁站的自己，想起聚会上那些有趣的人和事。然后想，或者可以将这些心绪记录一二。毕竟，在一个地方住久了，总会染上一点这里的气味、气息，甚或禀性气质都会有些变化了吧。

　　那个"太太的客厅"，其实就在灯火阑珊处。我心里这么想，却也并不肯定。

五月的蔷薇不眠不休，
开在我并不遥远的南山，
开在梦和现实的边缘。

并不遥远的南山

　　五月的空气中有了夏天的味道。当你的感官被铺天盖地的色彩和芬芳调动起来，夏天就像梦中情人一样降临。

　　阳光越来越直白，来来往往的风开始暧昧的调情。刚刚为春天的新绿加冕，转身就和夏天的花草纠缠不清。轻佻又深情，那种骚动和撩拨，任你心里住一百个柳下惠也无法安宁。

　　从京承高速上北六环的立交桥，经过一个急转的弯道和斜坡之后，是一马平川的柏油路。从高速分流过来的车不多，每每经过这儿，我会产生一种恍惚感。那些撞进眼帘深浅不一的绿，包括高大的杨树、柳树、松树和杉树，以及叫不出名目的灌木丛，还有点缀在草丛中的野杏花、雏菊或野百合，突然被逼仄和急促的弯道甩到眼前，那纷纷扬扬的绿意像波浪一样直扑过来，仿佛带着重量和气息，让你一时找不到焦点而生出一种慌张。转过来就平静了，一条干净寂寥的柏油路，轻灵地伸向远处山峦的影子里。树林和溪流各自归位，你像是从这里走进了一个久远的故事里。这场景幽深变幻，有时隐约在风雨中，有时沐浴在月光里，尤其在将暗未暗的时分，呈现出某种深不可测的神秘。

　　我的思绪常常在此刻脱轨，如无人控制的列车一样闯入时光的黑洞。真实和幻境重叠交错，快进、后退，眼前的画面像一帧泛黄的老照片，或某个电影的桥段——远山、河流、坡地、树林、苗圃、被绿色围困的弯道、伸向山峦的柏油路，包括正在开车去往某个未知目的地的自己……这场景定格了一种轮回般的记忆，带来今夕何夕身在何处的惶恐和迷惑。

也许每个人的生命都有这样的时刻。像搭错车一样，在似曾相识的场景里，一再经历和重复人生的传奇。

这个地处北京正北而被称为"龙脉"的地方，据说随便挖个坑就能冒出汤泉来，清朝康乾时期曾在此修建汤泉行宫。如今山崖上还留有"九华兮秀"的乾隆御笔。没人知道这个"兮"是不是"分"的错别字，估计在兴高采烈的皇帝面前也无人敢求证。汤泉行宫早已毁于八国联军的炮火，但这字却留下来，守着漫长寂寥的岁月，守着鸡鸣狗吠的清晨和炊烟袅袅的黄昏。

日子就是日子，波澜不惊。但突然，一场令人措手不及的"非典"疫情蔓延，这里因"临时战地医院"的形象而被频频曝光。人们突然发现，京郊这片龙脉之上，竟有着"清水出芙蓉"的天然景致，加上随便挖个坑就能冒"汤"的优势，一时成了大家议论的话题。如同没见过世面的村姑被越来越多的秋波和媚眼搞懵了，它成了任人打扮的小姑娘，和在大观园里头被插了一头鲜花的刘姥姥如出一辙。

初来这里，我看到被开发商们描绘在海报上的树林、溪流矗立在眼前，大片大片的树林和苗圃在午后阳光下沉睡，那里是喜鹊和乌鸦的家。波光粼峋的河畔杨柳垂地，少有人迹，据说有蛇、野兔、猫头鹰和黄鼠狼。杂草疯长的荒地与绿垭垭的菜地相连，间杂着灰头土脸的蔬菜水果大棚，蜿蜒的黄土路，和掩映在浓荫下的瓦房砖房。路旁常有摆满蔬菜瓜果的地摊亦或农用拖斗车，镇中心有腥味杂陈的农贸市场，光线昏暗的小超市和好些驴肉餐馆。

那些店招毫无个性，且绵软方正不苟言笑。倒是门口垂着的彩色塑料珠帘，外面卧着的黄狗和花猫，透出一股浓浓的生活气和亲热劲。城里人喜欢开车来这里，家家店门口都停着些小轿车。讲礼村的驴肉用大铁锅煮，大海碗盛，和花生老玉米红星二锅头或者燕京啤酒一起端上来，重重叠叠地堆满桌子。食客们吃完抹抹嘴，一挑帘子出了门。大槐树下的车子突突一响，尘埃还未落定，已经有成群的麻雀在地上觅食。

日子还是日子，却好像不同以往的日子。疯长野草和林子的村野，被蝉鸣蛙叫笼罩的河岸周边，慢慢长出各种颜色、各种样式的小洋楼。刚开始是"温泉山庄""王府花园"之类的写实派，渐渐被"纳帕溪谷""麦卡伦地""普罗旺斯"这些器宇轩昂的印象派力压。老乡们望着雨后春笋般的小洋楼啧啧称奇，一边呵呵地乐。他们向这里的新移民兜售树苗、花木、蔬菜、鸡鸭、水果、装修材料以及农家餐食，很是开心。然而看着这些小楼连成片、连成群，看着外面竖起鲜花环绕的围墙和铁门，看着原本随意进出的大门站了制服笔挺的保安，朝进进出出的车辆行礼，他们就有点乐不起来了。

有一个周末过去，我意外地发现小区门口沸沸扬扬。不知打哪儿冒出那么多人，聚在门口示威。听说是被拆迁的当地人，看到这些小洋楼站在自家的宅基地上得意洋洋地炫耀身价，他们被惊到了。这才恍然大悟那些笑面和尚般的开发商不是为他们做打算，而是来算计他们的。"奸商啊！奸商！"他们愤愤地嚷嚷，操一口"京片子"对来往行人诉说各种不公不平。可是喧嚣之后，大门外除了散落一地的烟蒂、果壳、纸巾、塑料袋、一次性餐盒之外，连易拉罐和矿泉水瓶都被收走，只剩不堪入目的荒凉。抗议队伍日渐式微，最后竟至无人问津。偶尔再经过这里，他们也只能瞥一眼大门，瘪一瘪嘴，咕哝一句：奸商！转头走了，阳光下长长的影子悄无声息。

10年了，我们像候鸟一样在周末飞去飞来。我经常在黄昏或夜里一个人开车过去。个把小时之后，都市尘嚣归隐于那个高速与六环的交界。铺天盖地的绿压过来，像一扇神奇的大门合上又打开，之后一马平川的柏油路伴着彩绸般的晚霞或漫天星光迎我归家。这个地方，无论最初的质朴还是后来的雕琢，都风筝般牵引我归去来兮的脚步。这条路上，扑面而来强烈而浓厚的自然气息和潜伏在其中挥不去的一丝神秘都让我沉迷。仿佛沉闷的心突然洞开，那里阳光遍地群鸟纷飞，我像武陵渔人一样误入桃花深处，恍然置身于故事的场景或者人生的传奇里。这种感觉一再发生和重复，亦如无端的乡愁被一串省略号拖进望不到尽头的河流里……

这里，成了我并不遥远的南山。

春天我说要去踏青，先生说，哪里也没有这里的花开得好。迎春花、玉兰花、桃花、梨花、杏花赶着趟地来，然后是紫藤、丁香、三角梅、榆叶梅、牡丹花、月季花接棒。花儿们比树叶儿心急，急哄哄地挤满枝头，花事此起彼伏，没完没了的饕餮盛宴。

夏天来了。夏天不像春天那么流光短暂，它有一种气定神闲的气质。不紧不慢，亦步亦趋。然后突然在某一刻让你看见——流水落花春去也，天上人间。

因为出差，我隔了两个周末再来这里时，已是五月中旬。

早上醒来，从窗口望出去，惊觉上次还稍显寂寥的大树，已经被健硕饱满的绿叶全盘收复。浓浓霭霭的绿荫此起彼伏涌到落地窗前，却也不登堂入室，只在白纱帘的阴影里落了脚，如鸟儿归巢般安然睡去。

更多的花儿们在忙不迭地成长——长出新芽，吐出蓓蕾，打开花瓣，将生命的热情倾倒在这个季节里。青涩的童年，叛逆的青春，倾情的岁月——花儿们好像一个瞬间就完成了成长和蜕变，剩下的，就只有不管不顾开到奢靡的执着和狂妄。

尤其是篱笆外台阶上，那一丛丛一簇簇怒放的蔷薇，它们叫做"七姊妹"。粉嘟嘟红郁郁的花朵，彤云彩霞般迷幻，小如波卷浪涌一般，不眠不休地日夜澎湃。花枝从墙头上篱笆边倾泻而下，花香浸透了每一缕空气。"七姊妹"的花瓣繁复而精致，色彩浓烈饱满，它们像是积蓄了太多深情，急于要把自己交付出去。交付给谁呢？什么样的结局呢？想想无非至奢靡，至凋零，化土成泥——一条不归路啊，为何走得这么兴高采烈欢天喜地？

这个问题有答案吗？

因为瞻前顾后，我们不能淋漓尽致；因为怀疑和束缚，我们不能证悟和解脱。花儿做到了。它来，只是为了把生命完完整整地交付出去，交付给轮回和永恒的依傍——这片土地。难怪蔷薇的花语是"永恒的爱"。它们坦然、简单、勇敢，开到奢靡、美到极致，哪怕生命短暂，哪怕无人理会。

然而走到这儿的人都会停下脚步，留下倾慕和惊叹，带走属于自己的感动、留恋，以及所有关于美的记忆。

我剪下一些花枝插入瓶中。夜里，花影婆娑，氤氲的花香顺着月光溜进我的梦里，熏染了梦里纷纷纭纭的童年、少年、青年、中年——我的那些花季啊，亦如这般地似水流年。

五月的蔷薇不眠不休，开在我并不遥远的南山，开在梦和现实的边缘。

平静中透着甜蜜，庸俗中透着清新，
时光悠长到仿佛没有尽头，
而每一刻都将花好月圆。

女人香

　　少年时代的我完全不懂得香水的好处，以为所谓香水，就是我妈夏天用的驱蚊花露水。我妈妈年轻的时候是个身材姣好的女性，在那个衣着千篇一律的时代里，她是属于夏天穿自己缝的连衣裙，冬天喜欢抹香喷喷的雪花膏，所谓受资产阶级思想毒害的"臭小姐"那类。

　　我妈妈的坎坷人生，源于我外公是一个始乱终弃的"花花公子"。我妈妈从小到大没有受过她父亲的恩惠，因为在她刚满月的时候就被遗弃了。原因当然也极其说得过去，因为我外婆目不识丁，况且家道衰落，而外公这边有产有业家道殷实，兄弟几个都是意气风发的黄埔学子。一个风度翩翩思想新潮的浪子，哪里肯被指腹为婚的封建礼教约束，于是被逼着完婚没几天，就践行了徐志摩的那首诗："轻轻地我走了，正如我轻轻地来，我挥一挥衣袖，不带走一片云彩。"不过他比徐志摩走得更潇洒，连衣袖都没挥一挥，就决绝而潇洒地远走他乡，并且很快和另一个知识女性恋爱，重新组建了家庭。

　　我外婆新婚就开始独守空房。无论她多么勤劳贤惠、低眉顺眼地侍奉公婆，亲善家人，在外公娶了新太太之后，她还是被扫地出门了。此后我外婆没再嫁人，守了一辈子寡，吃了一辈子苦，唯一的希望就是把女儿——我的母亲拉扯大。一个目不识丁、被丈夫遗弃的女人，在那些艰难的世道是怎么讨生活的没法想象，如果没有外公的四弟的帮助——我的四外公出于怜悯之心帮助和接济这可怜的母女俩，我妈妈说，她根本不可能长大、读书、工作、成家。直到今天，我妈妈说起这些仍然会忍不住落下泪来。

我妈妈靠着外婆帮人洗衣做饭卖苦力，在艰难岁月里慢慢长大。在她的记忆中，从来没有"父亲"这个概念，亦没有来自他的任何音讯，妈妈说："我从来没有得到来自父亲的一丝恩惠，还被戴上了一副无法摆脱的枷锁。"因为外公的父亲当年曾在重庆拥有一家相当规模的木材加工厂，可惜后来毁于日本人的轰炸。我外公从来不曾给予女儿任何财富，却因此给她戴上了一顶"桂冠"——家庭成分：资本家。我妈妈因此备受歧视，四处碰壁。中学时成绩很好的她，因为家庭成分不好，连报考大学的资格都没有。最后百般努力，才进了一所中专，毕业后算是有了一个铁饭碗。为此她一生都憎恨那个除了苦难什么也不曾给予她的父亲和家族。

后来外公年老潦倒之时，妈妈帮助他在成都找了一个收发室的工作，算是给他养老送终。但是面对那个愧悔交加的老人，她到底也不肯叫一声爸爸，直到他离开人世。

我知道她的心无法从那个巨大的阴影里面走出来。她觉得自己的一生都被笼罩在这个阴影里。她的人生、事业、家庭以至于个人感情生活，无一不在这个巨大的阴影中随波逐流，风雨飘摇。当然，这是那个时代的悲剧。乱世之中，有谁能真正把命运把握在自己的手里？我一直很想为外婆和妈妈写点东西。当然，这是跟本篇无关的话题。

我想说，命运是与生俱来无法更改的，就像我妈妈很希望像我爸爸那样三代贫农根红苗正，但她终究还是很不甘心地背负了一辈子"资本家"的成分。尽管我妈妈小时候连一天资产阶级的腐朽生活都没享受过。但是在她身上，还是体现了一些与生俱来的"小资产阶级"的气质、脾气和行为方式。这就是我刚才说的，为何在她年轻的时候，别人都穿灰大褂白衬衣，她偏偏喜欢穿自已裁缝的连衣裙。冬天别人在皲裂的脸上抹点猪油，她偏偏喜欢抹香喷喷的雪花膏。在我念到中学时，我还亲眼见过妈妈的"追随者"，一个风度翩翩的中年教授，一连几天推着自行车在家属区外面的空地上，等着和我妈妈跳舞。我妈只好把我支出去传话，她叫我去跟那人说："我妈不会跳舞，她要在家给我爸洗衣服。"

我妈妈虽然没有把她的巴掌小脸和修长双腿遗传给我，但是为了证明我千真万确是从她肚子里出来的，而不是他们骗我从锦江一个破木盆里漂来的，她还是遗传给了我一些与生俱来的习性，比如敏感、爱哭、偏执以及臭美。

20世纪80年代的末尾我见到了我妈妈家族里鼎鼎有名的梅姑婆，那个十几岁就跟着大兵跑到美国，并在美帝国主义那里成就了事业和家庭的传奇人物。梅姑婆活到90多岁。她80多岁的时候还在打高尔夫、穿自己设计的衣服、约会、驾车、批评美国儿媳的着装品位……她的故事，比起《北京人在纽约》毫不逊色，精彩程度有过之而无不及。

那年梅姑婆带着两个高大帅气的儿子回中国探亲，让我们这些土包子大开眼界。60多岁的她大大方方带了不知是第几任"男朋友"同行，游山玩水，形影不离。她留给我的印象就是天边的彩虹，绚丽又耀眼，一出场就让人眼花缭乱。她一天要换好几身衣服：性感的牛仔T恤衫、飘逸的大花长裙、端庄的白色套装、黑色高雅的晚礼服……还有酷酷的太阳镜、白色宽檐草帽、鲜艳的妆容和口红，一路走过总是香风弥漫、风情万千，让我头晕眼花。

在家吃饭时她批评我妈，说你怎么总穿得这么老气？我妈妈说自己年龄大了，不好意思穿鲜艳的衣服了。梅姑婆一个劲摇头："你身材这么好，又是最有魅力的年龄，唉，可惜了！"

临走她送给妈妈一瓶香水，包装精美。没人知道那是什么牌子，也许是个名牌吧。可惜我妈虽然爱美，也实在不敢冒天下之大不韪，像"真正的资产阶级"那样涂着香水招摇过市。我觉得一方面她是怕别人的眼光和口水，另一方面，可能也担心喷了香水以后忘了走路的姿势。

我妈一直把那个漂亮的瓶子供在柜子里，偶尔拿出来看一看闻一闻，直到干涸也没往身上喷过。我倒偷偷拿出来喷过一次，当时只觉得和梅姑婆身上的味道一样，浓烈而刺鼻，呛得我一连打了好几个喷嚏——当时我想，"资产阶级"其实也不好当啊。

　　在我认清香水和花露水的区别以后，我步入了青春岁月。但香水于我而言，也仅仅是一个遥远的名词和一个模糊的概念，它离我的生活十万八千里。相比之下，我更喜欢漂亮的衣服、鲜艳的口红、闪闪发光的项链，以及恋爱时的烛光晚餐。偶尔也用香水，至于什么前调中调后调，全然不在心思里。因此我一直遗憾，竟然没有一款真正的香水，为我的青春留下一点特别的味道或者记号。

　　我领悟到香水的好处，是从读到玛丽莲梦露那句"香水，是女人最好的睡衣"开始的。梦露说她睡觉时只穿一件睡衣，那就是"香奈儿5号"。这话真是令人浮想联翩。不仅带来极具感官刺激的画面，也描绘了一件散发优雅与性感气息的"皇帝的新衣"——比鲜花香艳，比美酒浓烈。让我有点懵懂地感觉到，性感，是这样一种既美好又可爱，可以伴随女人终生的东西。

　　从那时开始，我有了一些关于香水的记忆。一些人、一些事、一些情绪，伴随不同香水的味道，袅袅婷婷留在心里，如鸟儿倦飞时寻到一个枝头，唱一首歌给自己听。

　　当我真正感悟"香水是女人的第二件衣服"的时候，已经到了"曾经在幽幽暗暗反反复复中追问，才知道平平淡淡从从容容才是真"的年纪。细纹开始爬上眼角，风霜开始侵蚀面庞，我也终于懂了，欲望都市里有这么一种女人专属的东西，就像音乐之于凡人，和我们的精神世界有着某种天然的联系。当你倾心于某款香水，很可能是因为它用你生活中某种熟悉的味道做钥匙，打开了一扇记忆之门，掀开一些尘封的往事，或开启了某种你所向往的感情。

　　天气预报说今天有阵雨。当我商场里用很多时间品味一款名为"小黑裙"的香水的时候，外面正下着一场纷纷纭纭的雨。我的记忆被这款香水打开，溯流而上，沉醉不知归途。像是一场毫无预兆的邂逅，带来一种像雾像雨又像风的感受。随着脉搏的跳动，身体被醉人的甜香裹挟，身不由己。让·保罗·娇兰说过一句话："香水是浓缩记忆的精华，无可比拟。"是的，扑面而来的不仅是香气，还有一些尘封的记忆。我们由此记起一个人，一个地方，一段是似而非的感情，抑或某些隐秘的，未曾变为现实却一直不肯离去的希翼。

商场里音乐轻柔，人影摩肩接踵。在香氛的包围中，绚丽与时尚、浮华与堂皇、庸俗与优雅，一切都活色生香。我喜欢这样的感觉，平静中透着甜蜜，庸俗中透着清新，时光悠长到仿佛没有尽头，而每一刻都将花好月圆。我的心流淌着简单的快乐和安宁，连阴霾的天空和无聊的日子也让人释怀。

此刻，写完这几行字，我抬起手腕，一股温和的甜香再次用柔情裹挟了我。"小黑裙"会是今晚，以至于这个季节我所钟爱的一件睡衣吧？欲望都市，做女人真好。

妈妈，下次回家，我会给你带一款香水。或许你不喜欢"小黑裙"，但是，就像广告语里说的，总有一款适合你。比如"珍爱"——就像我想对你说的千言万语。我希望它唤醒你"资产阶级"的本性，就算经受那么多苦难、坎坷和风雨，还是会在弥漫的香氛里，体会到甜蜜，体会到爱。

油菜花中了魔似的不肯睡去，
花香袭人，浓烈而汹涌，无风也翻腾，
让一颗颗年轻的心无处逃逸。

提笔乱流年

天气热了。阳光不复春日迟迟的柔情，一天一天，越发直白和炽烈。中午人们开始躲进树荫，或者楼房的阴影里，花花草草也都似睡非睡低敛着眉眼。黄昏却是极好的。燥热一点点退向天边，暮色里有风吹过。夕阳穿过楼宇和大树的缝隙，在地上写满斑驳的心事。空气中的花香草香开始酝酿一种属于夜的气息，搅得人有些意兴阑珊。

春夏的交界短到让人伤怀，一如象牙塔的时光。

一梦醒来，信誓旦旦的春天不辞而别，灼热耀眼的阳光登堂入室，稠密浓烈的夏日气息四处流荡。当寂寞的十字街头被飘逸的短裙和高跟鞋撩拨得难以入眠，这日复一日的流水光阴，便如此轻佻、活泼、不动声色地跨入又一场夏季。

毕业季。

同学在微信里跟我说，庆祝毕业30周年，你一定要回来哦！

这些年各种同学聚会多起来，从小学、中学到大学，无论入校还是毕业，相识或者分别，都可以成为聚会的噱头。然而说到底，理由挺残酷的，那就是——我们的青春已经成了一群人对一个时代的追忆。

光阴荏苒中，我们一直与时间为敌，箭拔弩张，斗志昂扬。不知何时竟然化敌为友，握手言欢了。也许半生沧桑教会我们，只有在时光温柔的凝视里，才能找到出发时的自己。

　　久远的记忆被平淡庸俗的生活切割成支离破碎的片段，漂流在岁月的河流上。多年以后相见，很多人已经叫不出彼此的名字。但当我们重新坐在一起，捡拾那些久远的记忆，就像在月光下打捞时光的碎片，在依稀的光亮里，找出曾经青春飞扬的我和你。我们像一群喜欢拼图的孩子，拼出记忆里依然芳香甜美的城堡，并且对出走半生，归来仍是少年的人说：还好，我认得你。

　　那一刻，脸上有笑，心里有泪。

　　往事堪不回首，都是自己的酒。

　　谁能逃得出、跳得过这样的人生呢？

　　"十年生死两茫茫，不思量，自难忘。千里孤坟，无处话凄凉。纵使相逢应不识，尘满面，鬓如霜。

　　昨夜幽梦忽还乡，小轩窗，正梳妆。相顾无言，唯有泪千行。料得年年肠断处，明月夜，短松冈。"

　　读苏轼的《江城子》，我想起了她。想起她黑黑的长发，细细的眉毛，笑的时候嘴角的弧线，想起黑暗中她手上的烟头发出那种微茫的红光。不知道为什么，那时候我就觉得她的笑容里有一丝戏谑和孤单的味道。

　　那是一个春天，我们在都江堰的一个工厂子弟校实习。

　　三月，川西坝子的油菜花开得铺天盖地。出了厂子的铁门就是油菜花田，没有间断地绵延到天边。这种细长柔弱的小黄花，若零零星星散在野地山涧，是怎么也引不起人注意的。但当他们一垄垄一片片聚在一起，排列成无边无际的花海时——那种烂漫、张狂、汹涌和野性便以一种让人肾上腺素飙升的方式呈现出来。尤其是夜晚，空气湿润，油菜花中了魔似的不肯睡去。花香袭人，浓烈而汹涌，无风也翻腾，让一颗颗年轻的心无处逃逸。

那时候我们常常偷跑出来，各个实习点之间乱窜，男生打牌喝酒猜拳，女生有说不完的八卦。实在没事可做，我就跑到油菜花海里，怀揣一本席慕蓉或者三毛，故作文艺地发呆或者溜达。

不知道那片花海见证过多少青春的懵懂，容纳了多少无处安放的情怀。

那是许多故事的起点，也是终点——因为绚烂，因为短暂。

那个实习组就我和她两个女生，我们住在一间双人宿舍。有时候我们会躺在床上谈论身边那些男生，嘲笑他们的外强中干，嘲笑他们不知天高地厚的幼稚和狂妄。我们的语气充满自以为是的成熟，好像他们是一帮小屁孩，而我们却已经饱经沧桑。但我心里知道，自己其实不过白纸一张。但是她，我觉得，她似乎藏了一点秘密，经历了一点沧桑。

我们的话题肤浅而且泛滥，但她从未对我说起她自己的家庭、情感，或者生活。每当我看到黑暗中烟头的微光时，总感觉她身上有一种无法触及的空茫。

有一天她抱着双膝坐在床上，不说话也不去吃饭。我跟她开玩笑："咋啦？失恋啦？"她不理我，长发披下来遮住半边脸。我嬉皮笑脸凑过去，缠着她说："吃饭去嘛！"她摇摇头，抬头勉强笑了一下，脸上却尽是泪痕。我吓了一跳，不再言语。帮她把饭打回来放桌上，悄悄走了。之后谁都没有再提这事。她还是一如既往地开朗豪放，酒桌上跟男生拼起酒来，从不服输。

毕业之后我们就没了联系。知道她生病的事，是在她去世的前一年。我一直想着去看看她，又怕不方便，总没有成行。听同学说她恢复得很好，心态也好，又上班了。同学聚会的照片上，她依然漂亮，笑靥如花。我放下心来，短信跟她相约下次回蓉找机会聚聚。

　　然而命运的无常和我们开了一个大大的玩笑。

　　两年前的八月，流火盛夏。她走得突然，前后短短两天。我在震惊的同时，难抑感伤。微信朋友圈里，我用苏轼的这首《江城子》怀念她。我说：多年后，我们早已尘满面鬓如霜，而你，永远都是"小轩窗正梳妆"的青春模样——你成了一朵彼岸的花。

　　这些记忆的碎片，如今依然像烟头上微茫的红光一样，闪烁在我的记忆深处。也许，这一生，也难以抹去了。

　　生活的倦怠让我们的心被灰暗和麻木占据，如一潭死水。但有时候会因为一句话、一个眼神、一个微笑、一次相聚，重新变得敏感、丰盈、诗意，重新感受花开的声音，体验流水在山涧奔涌时的欢愉和生机。生命中的每一季，都不缺乏色彩和生机，它们只是有点漫不经心，等待着那些被点亮的眼睛。

　　有一年同学聚会，他以主人的身份宴请同学。隔着漫长的岁月，我觉得他依然没变，像原野上一颗野蛮生长的树，用骄傲和精明与世界牵手，用冷漠和不屑与世界为敌。无论过去还是现在，他的眼神都让我无法解读，却在那夜流泻的霓虹中，如黑白相片一样定格在我心底。

　　被岁月厚厚的尘埃覆盖的过去，被时光之手抹去的年少不经意，突然在那样一个喧嚣嘈杂的时刻，半真半假，半醉半醒，半玩笑半认真，勾勒出似曾相识的一个影子。如今的他更是世事洞明，人情练达，闭口不谈半生的坎坷和际遇，只是斜着眼看我："你？就凭这一帆风顺的日子，你能写出什么动人的文字？"

　　这样的话从他嘴里说出来，我既不意外也不尴尬。我轻笑着反击："说不准哦，如果，你肯讲给我关于你的故事。"

　　他却沉默不语。今天的他还是一个没有谜底的谜，嬉笑之间举重若轻。好吧，生活对每个人而言，都是一本厚重的书，何况他这样波峰浪谷的事业和生活，带着几分难以言说的无奈和秘密，几乎成了同学中的一个传奇。在一片炫目的光亮之外，我们什么都看不见。曾经在星光月夜下促膝谈心的我们，甚至连观众都不是。

他端起酒和我碰一下，不再继续这个话题。我明白，能说什么呢？同窗之间，彼此拥有的只有过去。那么，就让我们在这一杯再一杯的微醺中，去寻找过去。

上大学的时候他就充分显示出良好的生意头脑，常常有一些新鲜时髦的玩意儿，从磁带到服装，从热门书籍到日本小电器，经过他的手流转到同学们的手里。快毕业的时候据说他弄了台毛衣编织机，干起了"私人作坊"的生意。搞出一些艳丽时髦的蝙蝠袖毛衣，深受女生们的青睐和欢迎，供不应求。

我经历情感小波折的时候，天天忙于生意的他，竟然有耐心像知心大哥一样给我分析来分析去。之前我对他的印象是神龙不见首尾，除了逃课就是做生意，哪会为不相干的人事浪费时间和口水。那天晚上下了晚自习，当我们沿着操场走了一圈又一圈，我开始觉得他是一个可以信赖的人。我已经忘记当时说了些什么，唯一的记忆是月光照亮的操场上，绿草如茵。

这就像一颗种子播在青春的沃土里。无论相隔多少空白和距离，每当春风吹过，这颗温暖的种子就会在心里悄悄地发芽，生长，枝繁叶茂，岁月留香。

人的一生，能够彼此遥遥相望，拥有温暖回忆的人，其实并不太多。

抚慰流年的，正是这些留在心底的，斑驳的、模糊的、温暖的印迹。

辑肆　像月光一样流浪

四季行歌

拾花酿春

南山春色

清迈客栈

后海丁香

丹巴梨花

思流年

春风不解相思，年年绿染江岸。
陌上归来黛眉淡。纵使花相似，亦恐独自看。

不知双燕来否，几回挑灯凭栏。
卷上珠帘总不见。庄生梦蝶处，回首是流年。

夜艳

春过院墙春有意，月落青枝月无言。
风满珠帘风不语，夜倚花影夜自艳。

然后

你在我面前
阳光在你面前
我看不清你的脸
听不清你的呢喃
只看见　青草从泥土中萌芽
梨花落满山头
然后　你牵起我的手
向有溪水的地方走

如果不是潺潺水声
如影随形
像一个解不开的魔咒
如果没有感觉你的手
微微颤抖
我就不会任由山风吹动流云
把满山的梨白偷到云端
在我们眼前撒欢

但我还是难以启齿
对于一场相遇或邂逅
谁更需要牵强的理由
如果你不说

我愿意相信那是梦里的一个梦

在没有时间的空间里

像永恒一样生长

然后

了无痕迹地消融

那一夜

那一夜
你的眼光掠过小河
掠过炽热的胸膛
蛇一般丰满白皙的手
落进开满丁香的树丛
成了一个谜
被来路不明的情感收容

他用一个吻偷袭了你
像一场处心积虑的阴谋
你的心慌不择路
理智跳出来挥舞长剑
直面黑暗中看不见的对手

可是剑锋指向哪里
花香就更加汹涌
幽暗就越发浓厚
天边的云都跌进水里
碎成一池波光粼粼的温柔
从此这条河
再不能静水深流

理智的剑锋一闪而过
差点刺破这些幌子
然而爱更加身手敏捷
轻笑着逃逸
留下夜色泛出的泡沫
慢慢把你的心
你的世界
全部浸透

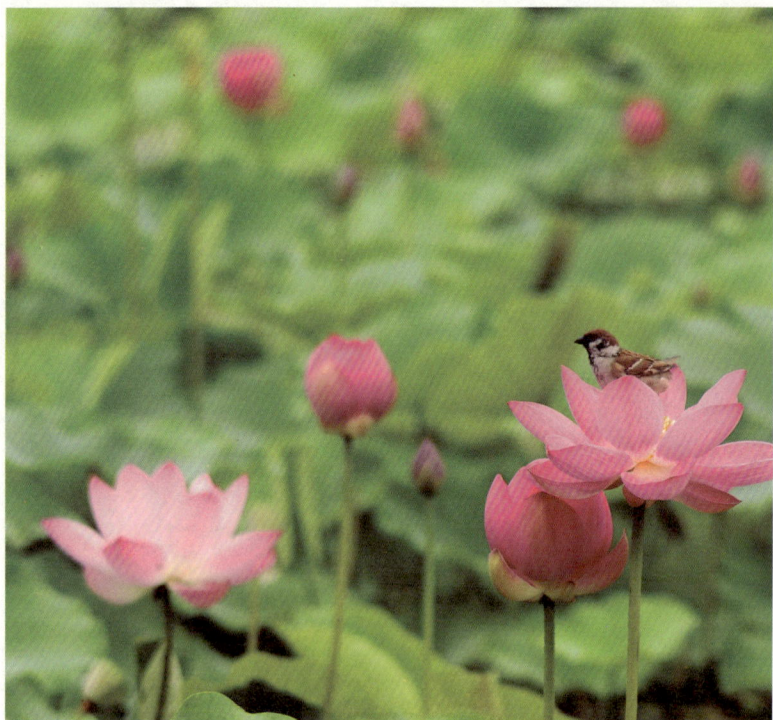

风荷凉夏

听琴

坐久落花急，声随琴瑟起。
未觉茶盏凉，幽篁鸟不语。
曲径暗天光，石桌落日影。
不知身所在，袅袅千万里。

湘西浣女

凤凰栖落湘西头，一江含情两岸楼。
银钿满头綄纱女，爱向船头放歌喉。
巧笑倩兮人如水，美目盼兮浪载舟。
雨巷深处青如染，情歌飞过那山头。

平行线

茶都凉了
话还没完
烟圈儿转几下就散开
阳光从窗台移到桌边
沉默的间隙
我听到时钟滴答
和我的心跳差不多
不紧不慢

有时候无聊也让人迷恋
就像中国画的留白
就像人们喜欢神话和传说
就让梁山伯祝英台化蝶成仙
让白蛇和许仙在戏台上
一唱就是几百年

来的路上我看到那些村庄和麦田
看到时光用荒凉守住尊严
看到城市彻夜不息的灯火下
疯狂蔓延的爬墙虎
染绿了天

你看我的时候我就知道
我们错过的是整个春天
包括开满罂粟花的原野
云一样的羊群
骑白马的少年挥舞长鞭

三十年前的月亮比现在大
三十年前的河比现在宽
三十年前铁轨还在原地呢
我们沿着铁轨往前走
像两条平行线
故意忽略了脚下的
锈迹斑斑

像月光一样流浪

你的心
像月光一样流浪
在暗夜里
那个小调反复被吟唱
最远或最近都不需要光亮
掩饰不住的牵强一闪而过
笑容慢慢浮现
在时光的深处
爱情从来不懂忧伤

这个夏天似曾相识
雨丝又在织那张寂寞的网
滴滴答答的午夜
惊醒月光
指尖沾满潮湿的芬芳
来路不明的温暖
暧昧绽放

选择性失忆
那些模糊不清的纠结
无法启口的彷徨
在漫无边际的黑色里渐渐融化

一尾黑色的鱼
突然蹦出水面
溅起几朵欢快的水花

莲花沉睡在荷叶中央
一滴不安的雨珠滚来滚去
最终　还是滑入水中
把叹息省了吧
它只是想陪着你
像月光一样流浪

雨

雨一来
天空就落满尘埃
呜咽
像废弃教堂的管风琴
奏出喑哑乐章
时光模糊而忧伤

被雨敲打的湖面
再也守不住秘密

惊鸿一瞥的眼波
转瞬即逝的颤栗
泄露了慌张
但你装出一副漫不经心的模样

雨要下到何时呢
我想着雨后桂花树下
会不会铺一地金黄
甜腻的黄桷兰
在谁的发髻散发幽香
烛芯跳一下便熄了
黑暗里只有雨声绵长

就在这一刻
思念找到了缝隙
急不可耐地冲出去
向着依稀可辨的南方

舞叶知秋

湖州长兴

洱海夜景

锡林格勒

长亭送别

京城归途

一剪梅·中秋

花尽莲蓬立清秋。荷叶深处，轻解兰舟。云影烟霞待月来。紫笋香茶，染绿西楼。

千年古风茶经留。陆羽犹在，烹茶煮酒。长乐未央秉烛游。诗书漫卷，忘却离愁。

月圆之夜

何时休，韶华又摇窗前秋。
倚遍阑干无情绪。
琴瑟起，思悠悠。

桂花酒，帘内帘外醉离愁。
沉香断续烛芯短。
千山外，水长流。

思归

塞外秋草连天烧，铁骑硝烟入云霄。
马蹄何堪青丝绊，醉饮狂歌射大雕。
鸿雁焉知离人意，岁岁暗使珠泪抛。
一曲未罢歌又起，思归不忍望月高。

秋天辽阔

我们在聚会的时候举起酒杯
说青春无悔
有人笑有人闹
有人偷偷走掉
淡蓝色天光被窗帘挡了道
窗帘是白色的
但有一半已经泛黄

谁在窗外用吉他拨弄花和云朵
没有风　它们都不动
天空辽阔
我问

它们还那样吗
当秋天再一次降落

停在鲜绿的叶片上的秋天
一声不响
所有的结局都写好了啊
可我来不及写一封信告诉你
长亭外　山路漫长

初放的野菊为夏蝉着迷
它们已不堪重负
卸不掉整个夏天的疯狂
黑夜连接白昼
那只尖叫的蝴蝶
在被铭记之前就注定了遗忘

星星藏匿于远山
在秋天降落的时候
夏蝉的嘶鸣突然停了
我看见那枚月亮正在升起
黄澄澄的脸天真明亮
好像是谁
刚刚种下的希望

故乡是他乡

从下雨的南方离开
我的记忆开始模糊
故乡他乡　脚步凌乱
废墟间荒草漫过思念
来了别了　聚了散了
谁在夜夜梦里
睁着一双不肯睡去的眼

北方却是风清月明
如款款呼唤
橘黄的灯光正穿过夜色
抵达嫦娥的广寒
我循着桂花的香气跟去
想看看那些曾经抵达过的心
是不是依然
花好月圆

山雪迎冬

山房初雪

垄上菊影

三亚看海

瑞丽集市

新妆

瑶台玉女着羽裳，素手皓腕凝清霜。
风递私语帘不卷，一夜绫纱小轩窗。
清歌始发东方白，莲步轻移云鬓香。
原为相思动凡尘，秋色冬影试新妆。

冬夜

枯枝疏影落碧潭，曲廊水榭画清寒。
烟笼长夜鸟无声，雾锁轩窗人凭栏。
菊香淡铺影不寻，冰轮长叹梦难圆。
一曲琴筝应借问，三更残烛为谁燃？

我来

我来
是为了看看海
看它如何把自己献给蓝天
看云和浪在怀抱里做爱
疯疯癫癫
看礁石的粗粝
沙子的柔滑
看海鸟蹁跹

我来
是为了见证那些瞬间
无可挽回的消逝
也为见证消逝的一切
如何重来
比如在写一首诗的时候
比如
在一望无际的海边

我突然懂了诗人心里的火焰
他说
把你的嘴唇留着
等我回来

手镯

一只手镯
在集市上蛊惑了我
夕阳路过　它矜持又凝重
如含泪的眼眸
他们说它不是翡翠
叫做水沫子

说它在怒江的河床里沉睡了很多年
不知道天高地远
不知道朝代更迭　芳草以及桃花源
它来到我的手腕上
水一样漫漶　星星般眨眼
世界为之旋转

直到磕磕碰碰之后
裂纹蔓延　光泽黯淡
在抽屉里被遗忘
才明白千百年的修炼
换不来红尘里
一晌贪恋

后记

以梦为马，致敬时光

　　我的家乡在成都，就是火遍大江南北的那首歌《成都》里面唱的"那个阴雨的小城"。可是成都人显然对此并不买账。有一次回家，我想去玉林路的小酒馆坐坐，路上跟司机聊天，我说这歌可算把成都彻底唱火了。没想到司机眉头一皱，嘴角一撇，颇为不满地哼了一声："你看看这些密密麻麻的楼，蝗虫一样的人，堵成这样的路，还阴雨的小城哩——外地人懂个啥哦！"

　　我笑了。望向窗外，街巷里弄夜色阑珊。麻辣火锅浓郁的香味漂浮在空气中，是我熟悉的家乡味道。而我此时在已然陌生的小巷里寻访一个曾经籍籍无名的小酒馆，在露天咖啡厅雪白的桌布、葳蕤的藤蔓、艳丽的玫瑰中，在排号等着吃火锅的嘈杂乡音里，在24小时便利店和街头水果摊的空隙间，我像一个异乡人一样徘徊和游荡。这是我生活了20年的城市啊，有我花蕊般的青春和韶华，那份亲切与亲近，为何竟有了隔山隔水恍如隔世的空茫？

　　我不知道哪里才是我的故土，我的原乡。记忆总是不能连贯，因为太多的断层和空白显出一些渺茫和荒唐。

　　是长城脚下的北京吗？那个有着绝胜烟柳的煌煌古都，有着火树银花的十里长街和暮鼓晨钟的皇家宫殿，外缘却已经扩张到六环、几乎被冲入云霄的千万间广厦所覆盖的浩荡皇城？在这个2000万人口的大都市里，我也生活了20多年。每当穿行于它迷离的光影中，就觉得自己像一条沉潜于海底的鱼，平淡寂寞，无声无息，从不曾激起一丝浪花。

　　一个人灵魂的漂泊和流浪，似乎无关物理意义上的时间、距离以及空间。前世的乡愁和今生的眷恋，如同故土和异乡、现实和理想，不见得那么泾渭分明地站在此岸彼岸，它们像流动和闪耀的灯烛一般，飘摇在人生的长河上。包括我们去过的远方、看过的风光、遥望的港湾、停靠的驿站、爱过的人，经过的事……我的记忆因为那些刻意或不经意的过滤，成了波光上的碎片——斑驳、凌乱、空虚、渺茫。不知来路，不问归途，宿命般寂然。那么，该如何为自己的灵魂寻找和构筑家园——是红尘烟火，还是诗和远方？

　　一次次出发，像诗人一样以梦为马。翩若惊鸿，婉若游龙，荣曜秋菊，华茂春松——时空的交错和转换，如同放逐灵魂一次次自由而瑰丽地飞翔。然而走得再远，诗人也要回来劈柴喂马，异乡的星空一样烟花易冷，何处的繁华逃得过流年的细碎苍凉。

　　那么回去吧，回到红尘中的家，长夜漫漫总有一盏灯为你点亮。尽管时间喜欢隐藏在岁月深处和我们捉迷藏。今夜尚在"小轩窗正梳妆"，明晨却已"尘满面鬓如霜"。可是庄周蝴蝶皆是梦，何必要分那么清楚呢？岁月中唯有爱和亲情可以抵御人生的荒凉，致敬时光。

马尔克斯说，生命中最重要的不是你经历了什么，而是你记住了什么。

这些年来，我不曾停歇地行走和归来，不曾停歇地记录和遗忘——这个过程让我觉得，生活因此多了些色彩，灵魂因此有了些芬芳。而此刻，我最大的快乐和期望，就是借着这些文字锦衣夜行的时候，在熙攘的人群或深深的寂寞里与你相逢，然后，一起眺望远方的星光。

感谢给予我鼓励和支持的崔自默先生和盛澜先生，感谢我的朋友林乐平、陈新明、汪建宏、蔡辉、宗霖、许婷婷、田蓉、刘红红、戈童、刘佳等提供的图片，感谢蓝狮子出版社的编辑为这本小书倾注的时间和心血。同时要感谢我的家人以及一路相伴的至爱亲朋，是你们让我心有所归，爱有所傍。

图书在版编目（CIP）数据

一程山水一程歌 / 向君著. -- 成都：四川人民出版社，2019.8

ISBN 978-7-220-11414-4

Ⅰ. ①一… Ⅱ. ①向… Ⅲ. ①散文集－中国－当代 Ⅳ. ①I267

中国版本图书馆CIP数据核字（2019）第101055号

YICHENG SHANSHUI YICHENG GE

一程山水一程歌

向君　著

责任编辑	杨　立　赵　璐
出　　版	四川人民出版社
策　　划	杭州蓝狮子文化创意股份有限公司
发　　行	杭州飞阅图书有限公司
经　　销	新华书店
制　　版	杭州真凯文化艺术有限公司
印　　刷	杭州钱江彩色印务有限公司
规　　格	880毫米×1230毫米　32开
	9.625印张　223千字
版　　次	2019年8月第1版
印　　次	2019年8月第1次印刷
书　　号	ISBN 978-7-220-11414-4
定　　价	68.00元
地　　址	成都槐树街2号
电　　话	（020）86259453